さようなら、オレンジ

岩城けい

筑摩書房

【目次】

さようなら、　オレンジ

　サリマの仕事は夜が明けきらないうちから始まり、昼近くに帰宅した。家につくと洋服をむしり取って裸になり、すぐにシャワーを浴びた。この習慣は仕事を始めてからついてしまったもので、昼のさなかからたっぷりとお湯をつかってからだを洗うなんて贅沢を覚えた自分に腹を立てた。

　シャワーの中で彼女はよく泣いた。青い○シールのついた蛇口と赤い○シールのついた蛇口を同時にひねり、蓮の花托のかたちの噴き出し口の下で直立した。真水と熱湯が溶け合って適温になると、きまって涙が出た。シャワーをあびているさなかでさえ、はっきりとそれは涙のあたたかみがしていた。サリマの髪は櫛の目が通らないくらい縮れて耳たぶの上あたりでいじけたように蹲り、水滴がそのうえにだらしなく砕けては流れ散った。それでも、なめした革のような黒い肌はすべすべしていたし、石鹸の泡も肩の斜面をなめらかに滑り落ちて、器用に白い縞を描いた。子供をふたりも産んだというのにからだの曲線は卵のように無駄のない、かつ、それに触れるものすべてを敏感に弾き返すような躍動感のある弦で縁取られている。その誇らしいからだを洗い包みながら、彼女はさめざめと泣いた。泣き声はシャボンの玉のひとつひとつに封じ込められて、玉が弾けるたびにバスルームの天井にエコーした。何重にも鳴り響いたあと、しまいにはシャワーの水滴にのってサリマの裸体に白い羽のように舞い落ちた。湯煙の中、サリマはさらに大声をあげて泣いた。

サリマはつい数日前の仕事の面接で、その場で採用が決まって翌日からこれを着て朝三時に職場に来いと言い渡された。契約書とともに手渡された四角く折りたたまれた純白の布きれを家に帰って広げてみると、それは膝丈のたっぷりした前開きの作業着だった。腹の部分と袖口に鈍い茶色のしみがあった。次の朝、それを着て働いた。すると、その茶色の広大なしみは、まったくおなじかたちの赤に塗りつぶされていた。

サリマが追い立てられるようにしてここにやってきてから、しばらくになる。世界地図を指さし、これからここに行くんだと夫に言われても、自分の国がどこにあるのかわからないサリマには、それが隣国なのか、それとも海の向こうなのかもよくわからなかった。とにかく大きな島であるらしいということだけはわかった。新しいすみかを吟味しているひまはなく、ここに辿り着いたのはまったくの偶然としかいいようがない。あちらでは人々がいがみ合い殺し合っていたというのに、ここには見たことのない光景が広がっていた。人という人は穏やかな日常を送り、耳慣れない言葉を話していた。サリマたちは政府の難民受け入れに従った。安全な居場所を提供してくれるとあっては、そうすることが最良の選択であると信じるしかなかった。生きる、それがなによりも優先されたから。けれども、それが人種のるつぼといわれる場所であったら肌の色や言葉の違いでこれほど苦しむことはなかった。こころにのしかかるものがとてつもなく重いと気づいたときには、すでに日々の暮らしが流れ作業のごとく始まってしまっていた。

はじめのころ、家の近くを歩いても、買い物に行っても、まわりの奇異の視線に絡め取られるようにして身動きできなくなった。そのたび、サリマは気づかないふりをしながら視界を埋めるそんな人々をじっくりと見ていたのだった。目を背けるなんてできっこなかった、彼女にはできっこなかった。駆け回っていた子供たちは大きな目を見開く。目が合うと困ったような笑顔を作る中年の女。ここには、役所の人たちのように親身になって寄り添ってくれる人たちもいるんだと自分に何度もいいきかせてはみたものの、こころのつかえはなかなかとけていかなかった。

それに、ふたりの息子たちが以前なら男の子らしく跳ね回っていたのに、ここでは枯れた麦穂のように萎れてしまっているのを見るのも辛かった。学校にもなかなかなじめず、ぽつりと取り残されていることが多かった。あれこれちょっかいを出す悪ガキどもに泣かされてべそをかくこともあった。小学校の善意にあふれた教師たちが、黒いカラスから白いハトを追い払うみたいにして、躍起になっていた。さらに言葉の不自由さがサリマを追い詰めていった。職場に勤めだしてから最低限の単語は拾えるようになったものの、生活の手段としてはほど遠かった。本当に欲しい物が手に入らない。息子たちを守ってやれない。理解しないとわかったとたん、彼女の前に現れた人はほとんど立ち去っていく。

そんな調子で、サリマにしろ夫にしろ息子たちにしろ、なにをするにもおっかなびっくりだったし、おかしなことに、空を飛ぶ鳥がおおきくさえずるその声にさえ爆弾が落ちてきたみたいに驚きかえって、おどおどと頭上を見上げたものだった。この土地に生えている雑草の一本まで自分のことを嫌っていると本気で思ったりしたから、あとでサリマはこのひとりよがりに自分でもあきれかえった。
　職場で同郷の女ともだちにこの話をすると、彼女はケラケラと高い声で笑い飛ばしたあと、口をつぐんでしまった。サリマはそれ以上なにも言わずに、彼女のとなりに座っていたが、始業のベルの音に振り返った女ともだちの目から涙の粒が振り払われるのを見たとき、いま、この瞬間からは、なにがあっても見ないし聞かないし記憶しない、サリマはそう誓った。

　右も左もわからない。頼りになる親戚もいない。友人の支えも望めない。そして、なにより、言葉が伝わらない――。そんな新参者の求める仕事といえば、求めることはできても選ぶことは難しかった。サリマは選ばず、スーパーマーケットでの生鮮食料の加工の仕事を求めた。自分より大きな肉の塊が天井からぶらさがっているのをみて声をあげそうになる。ぎらついた魚の表面や気味の悪い形の貝の臭いに息がつまりそうになる。サリマにとってとくに耐えがたかったのは、そんな早朝のシフトよりも仕事の単調さよりも食品の臭いと不気味さよりも、白一色のタイルがはりめぐらされた職場の、あらゆる箇所に赤い模様をつける血の赤だった。濁っていて、くたびれていて、どろりと大儀そうにしている。サリマはそれを見るたび嫌なものを見た、と目をそむけた。サリマが育った砂地では土地になにかの痕跡をつけるということはあまり目にしなかった。しみとしてとどまるということがなかった。跡形も残さなかった。だから人が死ぬのを見ても耐えられたというのに。そして仕事を始めて数日もするとその仕事を半年続けた夫を罵ったことを深く後悔した。なんで辞めちゃったのよ。じゃ、おまえがやってみろよ、おまえはバカだから案外勤まるかも知れねえよ。おれは、もうやらない。

仕事に就いてひと月たつと、サリマは泣くのをやめた。相変わらず生肉や魚の臭いがからだに染みついている気がして仕事から帰るとまっさきにシャワーを浴びたが、もう泣くことはなかった。白い作業着は何度も漂白剤に浸けて洗ってみた。けれども帰宅して洗濯するころにはすっかり血液は粘って固くこびりついてしまい、途方もないしみをつくってしまう。いやだいやだとサリマは身をよじるようにしてそのしみを硬いブラシでこすった。それを横目で見やりながら、夫は出て行った。必死の思いでここにともに逃れてきたというのに、夫はいともあっさり妻と子供を捨ててしまった。

ついて来いとも待っていてくれとも言い残さなかった。そして生きるという流れ作業をひとり続けなければならなくなったサリマは、それしか生きる術を知らないかのように、それ以外を選ばず、求め続けた。

時間がたつにつれここでのぎこちなさはなめらかになり、賃金だって少し上がった。こなれた英語にはまだほど遠かったが、必要最低限の会話はできるようになっていたし、肉や魚を加工することにおいては他の人間より語彙も技術も身につけた。見習いのころはヴェテランの中年の女が別の職場からやってきて、サリマの前におかれた牛や羊なんかをやたら丁寧に捌いてみせた。それがおわると大小様々なナイフをサリマに握らせて、彼女の手の上から自分の手を覆い被せて細いサリマのからだをがんじがらめにするように背後に回った。女の体臭と肉の臭いが混ざり合って、腹の底から喉元にむかって苦いものがこみあげてきた。

すね、もも、首、ランプ、シャンク、リブ。レバーにフレーム。なにひとつ捨てる物はなかった。大きすぎて扱いにくい骨付き肉や商品として店頭に並べられないものは、家に持ち帰ることが許されていた。ここではこんな大きな肉や骨でなにを料理するのかとサリマが訊くと、教育係の女は本当におかしそうに笑った。違う、犬にやるんだよ、と彼女は教えた。ドーーッグ！　と女はもういちど弛緩した大声でサリマに犬のエサだと言った。ここらあたりじゃ、農家が多いから家に帰ればたいていシープ・ドッグがおなかをすかせて待ってんの。あいつたちは大事な働き手だから、しっかり食べさせてやるんだ。で、あんた、故郷《くに》ではなにしてたんだい。

サリマは記憶の糸をたぐりよせて、畑仕事や家の手伝いをしていた自分の姿を思い描いた。

「いつもだれかが働きに行くのを見送ってた。犬じゃなくって子供がたくさん、おなかをすかせてた」

サリマのたどたどしい返事をきくと相手はふっとやさしいまなざしになって、血のついたナイフをステンレスの作業台の角でぬぐった。

「いまはあんたが、働きに出てるんだね。それで、だれがあんたを見送ってくれるんだい」

朝の三時前に徒歩で出かけるサリマを見送ってくれる人はなかった。息子たちは同じ市営住宅に住む友達に連れられて学校に行く。帰りはサリマがその友達の子供と自分の息子たちを迎えに行くことになっているのだ。

「お月さま、霧」

「そうかい。ひとりじゃないんだね。よかった」

教育係がさいごに結んだ言葉に、はりつめた気持ちが和んで、サリマはいま一度、赤い肉にナイフを滑らせた。こんなにやさしい言葉をかけられたのは生まれて初めてだった。だから彼女を喜ばせてみたかった。近い将来、この女の望み通りに上手にむだなく、すべてを捌いてみせたかった。

職場には同じように国を離れた仲間が同じように働き、揃いも揃って彼女たちの夫はなぜかその仕事を捨て、妻たちは男たちが捨てたナイフを拾い上げて格闘した。男たちはそれからさまざまな仕事を求め、日々の糧を得ることを覚えたが、女たちは一度手に入れた仕事を簡単に手放すことはしなかった。慣れてしまえば、まずまずの職場だった。最小限の英語しか使わなくてもいいし、仲間内では自分たちの言葉で気ままに話すことができた。ときおり監督が作業場にやってきて通路を歩くときだけ、みんなは押し黙って彼が通り過ぎるのを待った。その足下には清潔なタイル敷きの床があり、天井からぶら下がった肉や、魚が入った大きな箱からわずかに血の滴がぽろぽろと落ちていた。それをいまからもとのすがた、かたちを思い出せないようにするまで、効率よく徹底的に切り刻む、それがその後数ヶ月のサリマの目下の関心であった。

　夜と朝のつなぎ目の時間に、サリマは霜柱を踏みつぶしながら職場への道を急ぐ。建物の前の駐車場はすでにぬかるんでしまっている。背後から仲間たちがサリマの名を呼び、みなで連れだってコンクリートで塗りこめられた空間へ踏み込む。ロッカー・ルームで着替えているときになっても、サリマは乳色の朝霧や霜柱を思った。無条件に彼女を清めてくれる、あの透明感。職場を見渡すとそこにある色彩は絶対で圧倒的で有限のものばかりだった。部屋の白、自分の肌の色、それから血の三色が夜明け前の空気に溶け出していく。けれども、その三つの色は決して交わらなくて、それどころか油を引いたように超然として相手を寄せつけなかった。頭にかぶった白いガーゼ生地のキャップでさえ、サリマの縮れ毛に触れるのを避けるように大袈裟に膨らんでぎこちなく思えたし、自分とまったく同じ格好をした仲間たちが黙々と肉や魚を捌くのを見やると、彼女たちの指先に金臭い血が滲んでぼやけて、自分たちの指をきりつけているのじゃないかという錯覚に襲われる。実際にはゴムの手袋をしているのだけれども、まるでそんなものは存在していないみたいに薄っぺらなものだったし、きっちりとくるまれているはずの十本の指先には一体どこから入り込んだのか、血やねばついた液体が指先を薄い膜のように覆っていた。それを見るとサリマは心臓を素手で掴まれたように驚き、胸苦しく、彼女は咄嗟に蛍光灯の白い光に映し出される、それだけは自分を見放さない、あわいあわい自分の影を探し求めた。気がつけば、仲間ひとりひとりの影の連なりが、サリマだけに聞こえる叫び声をあげているのが聞こえる。

作業場の窓枠にはそんな女たちの声にならない悲鳴が出口を求めて張り付いていた。悲鳴は静謐で激しく、迷い込んだ小鳥のように窓ガラスを叩いた。サリマは朝焼けを見るたび、それだけは故郷と変わらないすがすがしいオレンジに向かって、それを解き放ってやりたくなった。

ジョーンズ先生

いかがお過ごしでいらっしゃいますか。まさか、先生からお電話を頂けるなんて夢にも思いませんでした。それに先生の第一声が、「書いてるの?」。涙が出そうになりました。気に掛けて下さっていたこと、本当に嬉しかった。

早いもので、こちらに来てから半年が経ちました。住み慣れた都会からの移動は決して気乗りしませんでしたが、夫の仕事とあっては仕方ありませんでした。海辺の町といえばロマンチックに聞こえますが、現実は潮風が吹きすさび(しかも、たいてい雨やみぞれ混じりです)、車は外に停めていると錆だらけになるし、生えている木の類いも海岸特有の葉の分厚い常緑樹ばかりで風情は望めません。夏の観光シーズンには人口が二倍に膨れあがって華やぎますが、その他のシーズンは、浜辺に放置されたままになっているけばけばしい遊覧用ボート以外はグレー一色です。

いまの住まいは家賃の安さだけで決めてしまったフラットです。一階に三戸、二階に三戸。ブレッド・ローフを二本積み上げたような形をした二階建て。階下にはトラックの運転手《トラッキー》（ここからクイーンズランドへペットフードを配送していて、三週ごとに一度のサイクルで帰ってきます）、インド人の母子（母親と二十歳そこそこの息子、だと思います）、そして一人暮らしの理容師の老人（朝きっかり八時に出て夕方の六時半ちょうどに帰宅、部屋の中にマリア様のポスターや置物にメダルなんかが満載になっているのがカーテン越しに見えます）。階上はうち、空き部屋を挟んで若いドラマーが住んでいるのですが（おそらく失業中です）、彼にはほとほと悩まされています。ドラムの音で目を覚まして娘が激しく泣くのです。ここにきてすぐ生まれた娘も四ヶ月をすぎ、彼女にかまけて一日があっというまに過ぎてしまいます。夫は、昼間は教えたり研究室に出入りしたりして、夜は論文。論文を書く前に、ひとしきりその構想を私に演説します。母語で話して考えをまとめてからでないと英語で書けないそうです。ここ数週は彼におつきあいしてチョムスキー浸りでした。ガードナーという人に心酔していて、応用言語の分野において個々の人間の可能性というものを考えていきたいそうです。毎晩この調子で彼の講義を聞かされているおかげで、言葉というものを考える機会が結婚してから増えました。そのうえ、邪念の少ない田舎のこの環境が彼には思いのほかあっていたようで、こんな調子で来る日も来る日も仕事三昧です。

〝Francesca〟の訂正、ありがとうございました。相変わらず前置詞の間違いが多発。時制も重症。以前よりひどくなっているんじゃないでしょうか。出産前に書き流したあと放っておいたものなのですが、先生が見て下さるとのことで、それを励みに娘が眠った隙をみて書きつなぐだけで精一杯でした。子育てってこんなに大変とは。生活が変わったり母親になったりしたせいか、文章に限らずなにもかも冗長になりがちで嫌になります。表面上ではわからなかったことが、子供をもつことで急に見え始めて、その結果〝The Spiders〟ほどの率直さも勢いも出なくて。それに、夫は赤ん坊があんなに泣いていても論文に没頭していますが、私には無理。

車は今のところ一台きりで朝、夫が出勤したあとは、どこへ出かけるにしてもバスです。健診や予防接種のときには、彼がランチタイムを返上して私と娘をクリニックに車で送ってくれるのですが、帰りはやはりバス。こちらのバスが時間通りに来たためしなんかありません。路面電車《トラム》が懐かしいです。もう一台、車が欲しい。そちらにいたときのように、自由に動き回りたい。二、三年したら、そちらへ戻る、それまで辛抱してくれと彼は言います。そのとき、先生にお会いできるのが今から楽しみでなりません。

先生も相変わらず、忙しくしていらっしゃるのでしょう？　いまもアカデミック・ライティングを教えておられるのですか？　息子さんは今年ＶＣＥではなかったですか？　ジョエル君、すべてが、うまくいきますように。

今日は久しぶりになんだか手紙を書きたくなって、お便りしてみました。まずは、お礼まで。お元気で。

Ｓ

サリマは昼に帰宅してシャワーを浴び、軽いランチをすませて学校に子供たちを迎えに行くまでのあいだ、自身も英語の学校に通い始めた。くるぶしまであるロングスカートを穿いて、夏でも冬でも足下は革のサンダル。リサイクル・ショップで揃えたブラウスやTシャツは流行に左右されないシンプルな木綿で、金のネックレスで胸元を飾ることもあった。出掛けにオーデコロンをひとふり。ノズルの先から放たれる一瞬の匂いの霧があたりを満たすと、身につけているもののよそよそしさがなくなって、しっくりと肌に纏わりついた。体に染みついた肉や魚の臭いから逃れるために始めた儀式であったが、そこにはあたかも彼女と日常の世界をつなぎとめるような切実さがあった。

学校にはサリマの同胞はひとりもいなかった。ブロンドが数人、といってここらあたりでみかける色あせたブロンドではなくて、金の絹糸ができたての陶磁器のようななめらかな白い顔をふちどるスカンジナビア系の女の子たち、健康そうなオリーブ色の肌をしたイタリア人らしいのがひとり、そしてサリマと同じ黒髪だけれどハリネズミみたいに硬くてまっすぐな直毛のアジアの女がひとり、みな女ばかりのクラスメイトだった。水曜と金曜の午後、英語を習おうと決めたのはなにも今にはじまったことじゃない。難民や移民は到着後、無料で何十時間か英語の勉強ができると移民局の係りの人が通訳者を通して訴えるように話すのを覚えていたし、夫がいたときには言い出せなかっただけだ。夫は女はバカだバカだと言い続けたから。だから、自分のことをバカだバカだと思い込んでいたけれど、いまは肉だって魚だってきれいに捌ける。とはいえ、子供たちが片言の英語を話し始めると通訳がわりになったし、このまま話せなくてもいいとまで考えたことだってあった。この歳になって、新しいことを始めるのはどうかとも思った。いままで知っている苦しみはおそらく、自分がいかに駄目な人間かと思い知ることだったけれど、そんな自分にいつまでも馴染めなかった。もちろん、自分の知らない苦しみを受けることは、身の毛がよだつような恐怖をおぼえたけれど、他の女たちと同じように指先を血で染めながら常にサリマの頭から離れなかったひとつの考えは彼女たちとまるで違っていたのだった。女たちは職場に慣れ、仕事に慣れ、それをとりまく日常のサイクルさえうまく身につけてしまった。けれども、サリマに限っては、時間がたつにつれ、壁のしみも給湯室のシンクのにごりも労働者と馴れ合うはずなのに、それらはいたるところでよそよそしかった。ほかの女たちのように、馴れ合う術を身につけたかった。きっとこの居心地のわるさは、ブロック体で書かれた角張ったアルファベットにあるのかもしれない、息子たちの宿題のノートを横目でみながら、いくつか彼らに質問してみるのだけれども、母さんは英語なんて読めないじゃないかと端からはねつけられてしまう。サリマが肉や魚を捌くことでやっと首をもたげてきた自尊心が、そこでぐにゃりと踏みつぶされる。

この尖った言葉をきれいに捌いてやろう、そうサリマは決心した。あの職場にいれば生活はこなしていける。たとえそうでも、ここの言葉を理解するために学校に通ってみること、この決意はあまりにも衝撃的で、サリマが大切にしているもうひとりの自分——日向にしか現れない彼女の黒い人影がそうさせているとしか考えられなかった。

初級も中級も上級もなく、ひとつの部屋にごちゃまぜに集められた生徒たちはあたりさわりのないことをやってやり過ごした。初級、と断言するにふさわしい語学力のサリマをつかまえて、英語教師は授業のはじめに地元新聞の天気予報を読み上げるよう命じた。間違いだらけでわかりづらい発音でも、彼女の声は喉元から絞り出されるように太く堂々としていて教室に君臨していた。春のその時期、天気はほとんど強風と曇りと小雨で片付いたから、サリマは毎回同じような内容の記事を読み上げた。西のかぜ。きょおふちゅういほお。ほとんど曇り。午後よりにわかぁ雨。気温はさいてえが四度。さいこおが十二度。スカンジナビアンたちは、青いガラス玉の目をくりくりさせて仲間たちと細切れの会話を交わし、オリーブは退屈そうに頭を垂れて机の一点を凝視し、ハリネズミは同じ新聞の天気予報の欄を広げてはいるものの、視線はすぐとなりの派手な広告などを追っていた。サリマは単語のつらなりを刻みながら、一語一語たどたどしく宣言するように読み上げた。一時間の授業のなかで、サリマのぶあつい声がきこえるのはこの最初の五分間だけだった。赤毛の教師が手本として、最後に一度だけ同じ記事を読み上げる。よろしいですか、みなさん。

西の風、強風注意報、ほぼ曇り、午後よりにわか雨、気温は最低が四度、最高が十二度。クラス全員の声がつづく。乙女たちの声は花の蜜のように甘く舞い、オリーブは訛りはあるものの長年来使い慣れた言葉の貫禄がそのトーンから滲み出ていたし、おとなしそうなハリネズミは顔と同じような平べったい発音でつぶやいた。サリマは乱暴な子供に踏み荒らされた花壇の手折られた花の茎をひとつひとつ拾い集めるように、かなしみをたたえて言い改めるのだった。西のかぜ。きょおふちゅういほお。ほとんど曇り。午後よりにわかぁ雨。気温はさいてえが四度。さいこおが十二度。

そんなわけで、サリマの英語はそれほど上達しなかったが、学校に通うのは楽しかった。教室に入るとき、自分の影がにわかに息づいて親友のようにサリマに寄り添い、行ったことのないところへふたりで散歩しているようだった。職場の女たちには学校のことは一切告げていなかったし、そのことがかえって、地下室にある暖炉に薪をくべて暖かい階上の部屋に戻っていくような、個人のひそやかな楽しみになった。授業のはじめに天気予報を読むだけでも、サリマにしたら立派な英語を話している気分になった。

職場の休憩時間には仲間たちがどこそこのスーパーマーケットのなにになには美味しいだの、まずいだのととめどなくしゃべっているのに耳を傾けながら、窓の外の空の切れはしを盗むように見た。だんだんと朝日がさして、オレンジ色のインクを流し込んだような太陽が群青色の空に現れると、ついこのあいだまで感じたような閉塞感が消え去って、目の前の窓から飛び出していきたくなった。それは、血やナイフといった視覚と嗅覚でしか表せない悲鳴から逃れたいというよりは、いまとなっては慣れたつもりだったこの作業場のすべてによって麻痺してしまった色たちが、体を染め上げる稲妻のように駆け巡ったからであった。ふたたび朝焼けに視線をもどす。オレンジ色はこころもち楕円に伸びた丸のなかからこぼれ落ちそうなほど瑞々しく、慰めてくれる。サリマは路地にうずくまる猫のようにしてとなりの女たちのおしゃべりに耳を傾けた。相変わらずスーパーマーケットの食品の話が続いていた。ひとりが嬉々としていった。こんど、××に行ってごらんなさいよ、○○が手に入るから。残りの女たちが××で○○ねと繰り返す。

××にいけば、○○が手に入る。そんな単純なことが話題になって女たちを喜ばせているのに、サリマの××はほど遠く、○○は雲のようにつかみどころのないまぼろしに思えた。××でオレンジ色を手に入れたい。けれど××がどこなのか、サリマはまったく、想像も出来なかった。

「ああいう子たちを妖精《ニンフ》っていうんでしょうね。きっと」

ハリネズミがサリマとオリーブにそうつぶやいた。こっそり背中に翼でもかくしてそうなスカンジナビア人の清楚なたたずまいにぴったりの呼び名だとサリマは思った。ハリネズミは口数は少なかったが、いつも自分より一歩先を歩いているような印象をサリマは彼女に持った。きちんと学校に行った人、とオリーブは自分の娘と同じような歳のハリネズミを庇うように言った。イタリアン・マンマそのままの大柄な雰囲気で、オリーブはその太ったからだにちっぽけなハリネズミをそっくり抱え込んで、護ってやりたいらしかった。あの子ときたら知り合いもなにもなしで外国に来て子供産んで大変だというのがオリーブの口癖で、やっと首が据わったばかりの赤ん坊を胸にハリネズミは教室に通っていた。赤ん坊が泣き出すと彼女はそっと教室の外へ出て行き、やがて泣き声がやむといつのまにか席に戻っているのくりかえしだったが、それを咎めるクラスメイトはいなかった。彼女を見ていると、みな背筋をただしてしまう。オリーブはそんなハリネズミの世話を焼き、赤ん坊の入った乳母車を押してあやしたりするのだった。

「とにかく勉強したいんです」

たどたどしく、学期のはじめにそう宣言した彼女がサリマはうらやましかった。同時にねたましくもあった。夫がいて所帯のお金だけは保証された身分なのだから。サリマだって望めば、役所から補助をもらえるはずだった。もちろん、いまでもソール・ペアレントの大幅控除や生活保護は受けているけれども、自分自身が学校へ通い出せば学生の身分ということになり、それなりの補助が出るはずだった。だけどそうすることははばかられた。夫は出て行ったきり連絡ひとつよこさず一年以上になる。しかし、夫がいなくなってサリマは幸福になったといったら、いまのほうが仕合わせだといったら、みんなはどう思うだろう。勉強したいだなんて夫にはまるで理解してもらえなかったことだろう。ハリネズミにはそんな迷いや裏の世界がほとんどないように思えた。

「だれもこの国では私を護ってはくれないし外にも連れ出してくれない、言葉もわからず取り残されるのがこわい。ぼんやりしてたらすぐにおばあさんになりそうです」

ハリネズミの真剣なストレートさが、サリマにはまぶしかった。オリーブはそんな彼女に、なにもそんなに焦らなくてもいいじゃないと声をかけることがあったが、ハリネズミは意地になって言い返すのだった。あなたには現地人のだんなさまがいるじゃありませんか、あなたにしたら、毎日一緒に暮らしているだんなさまがこの国の入り口だったはずです。私は自分で自分の出入り口をつくらなくっちゃなりません、と。

もしかしたら、とサリマは思った。大学の研究員の夫についてここへ渡ってきて、子供が生まれて、誰の助けも役所の補助も控除もなしに家庭におさまらざるをえなかったハリネズミにとっては、英語学校がこの国への入り口なのかもしれない――。

ならば、自分にとっての入り口は、あの職場だったのだ。骨、筋、皮、臓物などを迅速にむだなく取り除き、一本のナイフがあれば数分でひとかたまりの肉や魚を商品に変えることができるようになった自分の手の動きを思い浮かべた。この一年、これほどなにかに執着し、またそうすることを強いられたことはなかった。

もしも「入り口」にしっかり鍵がかかっていても、あの刃物でこじ開けてやる。そうすれば、××に行く道が見つかるかもしれない。サリマは赤ん坊を抱いたまま、ノートをとっている固く丸めたハリネズミの背中を見つめ、心でつぶやいた。

ニンフたちはもともと観光でここに流れてきたから、夏になれば国に帰るはずだった。北欧の暮らしは国が国民のめんどうをよくみてくれて、たいそう豊かなように思えた。幸せな未来が細かい粒子になって金色の髪の毛一本一本にまで満ち、透明なからだから光があふれているようだとサリマは思った。背中の繊細な光の翼がゆっくりと広げられ、花から花へと飛び交う妖精さながらの彼女らのたたずまいは、それを目にするだけでサリマのこころをふんわりと膨らませた。それに彼女たちはとても上手な英語を話した。地元訛りの鼻にかかるような発音ではなくて、語尾まできちんと発音するイギリス式の跳ねるような小気味よい音をさせて。その若い娘たちの声が鈴の音のように響くのを耳にすると、サリマのこころも陽気に弾んだ。そばにいるとおとぎの国にまよいこんだようだった。そんなニンフたちが、故郷に帰ったら残りの勉強をすませるために大学に戻ると屈託なく言ってみせるのを、サリマは羨望のまなざしで見つめた。

故郷に帰るだなんて。そんな考えは一体どこから湧いてくるのだろう。それに、みんなはどんなところからここへ渡ってきたのだろう。そうだ、ここにいる人間は自分以外、帰ろうと思えばいつだって帰ることができるはずなのだ。けれども、オリーブはもう三十年近くここに住んでいるということだし、ハリネズミにしても、七年になると言っていた。ふたりとも自分の国のはなしなんてしたことがなかった。そもそも帰る場所なんてはじめからなさそうだった。言葉も生活するには不自由なく使えるのに、なにをいまさら英語の学校にきているのかわけがわからない。けれども、このふたりは××にいけば、○○が手に入るという掟にそむいて、お金や時間で解決できないなにかを求めているように見えた。

年嵩のオリーブは、子供も成人して家を出て行ったので英語を一からやり直したいとのことだった。話すことは自由にできるけれども、読み書きとなると現地人の夫にいまだ頼りきりで、重要書類を読んでサインをすることは躊躇するのだと。器用な英語でまくしたてる彼女のまえでは、サリマはだまって聞いているだけでこちらから発言することは気後れした。その一方、ハリネズミは言葉かずは少なかったが、読み書きはよく出来た。母国語でだって、あまり話をするのは得意ではないと言い切った。それゆえ、このとつとつと話すハリネズミにはサリマも根拠のない自信を感じて話しかけることができた。

もう少ししたら夫に年金が下りると話すオリーブは、引退試合を控えたヴェテラン選手さながらで、試合を観覧席の高みから眺めているような余裕とひきかえにとでもいうのか、××にいけば、○○が手に入るという貪欲さもガッツも失せた雰囲気があったが、一方、週二回一時間ずつのレッスンに、やっと首が据わったばかりの赤ん坊を抱いて教室の隅にすまなそうな表情をして座っているハリネズミは、これから勝負に出て行く人間特有のあつかましさと無知が同居していて、それを火種にしてなにかに情熱を燃やしているようなところがあった。夫は大学院の研究室に勤めているというハリネズミは生活が苦しい、子供が生まれてさらに苦しい、仕事をしたいけれど、あなたはスーパーマーケットで働いているでしょう、どうですか、お仕事は、などとサリマに尋ねてきた。サリマは目を丸くしてハリネズミを見つめた。乳飲み子を抱えた若い母親。短く切りそろえた爪の、清潔そうな指先。スパゲッティのようにまっすぐな黒い髪は、きちんと梳《くしけず》られて黒いゴムでうしろに束ねてあった。前開きの木綿のシャツは洗いざらしで、赤ん坊はそこに顔をすりよせてよだれでぬらした。机の上には英語でびっしりと書き込まれたノートが広げてある。

順番が逆だとしかサリマには考えられなかった。仕事が先、それから学校。そこには××にいけば、○○が手に入るという方程式が成り立った。仕事でお金、学校で言葉を手に入れる。けれども、いきなり学校へきてしまうと、もう仕事の入る余地はこれからずっと先ないように思えた。はじめて違う人種に会ったような視線をぎらぎらとむきだしにしてハリネズミを見据えると、天気予報を読み上げるのと同じ調子で言った。あんたにはできない。

サリマの視線から逃れようとして、うつむいて広げた白いノートの紙の端をいじり始めた相手の横顔にむかって、サリマはささやいた。こんどは自分でも驚くくらい自然な物言いだった。

「あんたにはがっこうのほうが似合う」

ジョーンズ先生

（催促の）お手紙ありがとうございました。残念ながら、〝Francesca〟はあれ以来まったく手つかずになっています。娘の離乳食がうまくいかず、朝から晩までメニューを考え、おろおろしているあいだに一日が暮れます。今夜も彼女が食べるかどうかわからない米を炊いていてわけもなく涙が出て、ひとりで辛かった。いまは書けないです。「創作できないなら、私に手紙を書きなさい、鈍るといけないから」とおっしゃって下さいましたね。いまの私にとっては、先生にお手紙を書くことが唯一の救い、そして励ましになっています。なにより、昔ながらに人の手で配達される切手の貼られた封書の手紙というのは、なかなか待ち遠しいものですね。一日に何度も郵便受けをのぞいてしまいます。

現在、夫はロンドンに二週間の予定で滞在中です。出発のとき私と娘を置いていくことを心配していましたが、この数週、彼の心はここにあらずでした。教材やハンドアウトを作ったり、とにかく準備に余念がありませんでした。現場が長かったこともあり、学生や現役の教員相手のワークショップを開催するのが非常に楽しい様子です。しかも講演自体はまったくのボランティア。それでも呼ばれればやるんです、自腹を切って地球の最果てまで飛んでいってでも。ひとつのことを成し遂げる人には、三つのPが揃っていると思いませんか。Patience, Perseverance and Passion. そして、自分が心から好きなことを職業にできる人というのは、なんて幸運な人たちでしょうか。

数日前、例のドラマーとついにケンカしました。朝十時ごろから夕方までドラムを叩き続けるので、娘が眠らず、泣き疲れて一日中不機嫌なのです。数ヶ月にわたって音を控えてもらうようにお願いしてきたのですが、なんどお願いしても止みません。私自身、ひどく疲れていて、この日だけは途切れなく続くドラムとシンバルの音に耐えきれず、怒鳴りにいきました。ここはおれたちの国だ、なんでおまえみたいなのがいるんだ、さっさと自分の国へ帰れと怒鳴り返されましたので、こちらも逆上して、罵り返してしまいました。興奮しすぎて何を言ったかは覚えてません。たまたま、階下のトラッキーがこのとき部屋にいて、騒ぎを聞きつけて仲裁に入ってくれました。

上半身全体に刺青がある迫力満点の大男の彼が、おい、おまえ、一日中その調子か、赤ん坊がいるんだぞ、とドラマーに向かって一喝するとドアをバタンと閉められてしまいました。それから残りの一日、静かで平和でした。トラッキーにお礼を言ったら、俺がいるときだったらいつでも睨みをきかせてやるんだけどな、とニタリと笑って鉄の階段を下りていきました。翌日もドラムの音が始まると、こちらが文句を言わない先からトラッキーが上に上がってきてドラマーのドアを叩く音がしてすぐに静かになりました。そのあと、うちの部屋のドアをノックして、おい、ちょっと出てこいよ、頼みたいことがあるんだ、と大きな体をすくめるようにして言うので、娘を抱いて出て行くと、鉄の階段に新聞を膝に広げて座り込んでいました。おれの目の届く限りあいつを黙らせてやるから、これを読んでくれないか。トラッキーの隣に並んで座り、芸能ゴシップや経済欄、スポーツ記事を読み上げているあいだじゅう、彼の大きな腕の中で娘はすやすやと寝息を立てていました。聞いての通り、私、英語は得意じゃないと伝えたのですが、下のインド人よりずっとわかりやすいからまた頼む、とのことです。別れたワイフとのあいだに息子がひとりいる、最近ではこんなダメな俺のことを恥ずかしがって、会わせるのも会うのもしぶっている。

ジョーンズ先生、私の周囲には今まで字の読めない人はありませんでした。でも、彼を見ていて自分のことのようにひどく哀しくなりました。母語であっても読み書きができないと、不便どころか人間としての尊厳を奪われるのです。先生、私たち夫婦は夢をもってこの国にやってきました。けれど現実はなかなか厳しくて、七年経った今もないないづくしのこんな状態が続いています。しかし、英語で勝負しなければならない国でこの先も生きていかなければなりません。お金も地位もない私たちがここで、ひとりの人間として扱ってもらうためには、言葉に頼るしかありません。大男の小さな臆病な目が、そうはっきり私に教えていました。

こんなアングロ・ケルティックばかりの田舎にもESLのクラスってあるのでしょうか。あれば、また通いたいし、先生のような先生にまた恵まれるかもしれないという一縷の望みを抱くことをやめられません。言葉とは、異郷に住む限り、その主要な役目は自分を護る手段であり武器です。武器なしに戦えません。けれど、それよりも先に表現することをやめられないのは、なにかを伝え、つながりたいという人間の本能でしょうか。

もう一度、〝Francesca〟をリライトしますので見て頂けますか。必ずやります。先生が、書きなさいとおっしゃって下さるから。そう言い続けてくださるのは、先生だけですから。

S

P.S.

ジョエル君、そろそろVCEが始まるころですか？　最初の科目は国語ですか？　私の時の課題図書はフランク・マコートの〝Angela's Ashes〟とE・アニー・プルーの〝The Shipping News〟でした。シェイクスピアは例によって〝Hamlet〟。試験のためとはいえ、あれほど貪欲に外国語と格闘したことはそれまでありませんでした。そして、いかに自分が母語に甘え、堕落しきっていたことか思い知らされました。あれ以来、母語で読み書きすると、とても粗野な気持ちになるんです。私は自分の言葉を知っているつもりでいただけで、その真意を知ろうとせず傲慢だった。誠実じゃなかった。そして、外国語を学んでみて初めて、気づかされたことのなんと多いことか。話すこと聞くこと、つまり音声は社会生活の実地に学び、特に精神的肉体的に歓び、もしくは痛みをともなうときに強い感情と結びつき、耳や舌に永遠に刻印されます。しかし、読むこと書くこと、つまり思考の支えになる言語を養うことは個人的でしかも、彼もしくは彼女の頭の中でさまざまに形を変え繁殖します。それは、胸の底の奥深くに言葉の種を撒くことに似ています。若いときは易しいことだというのに、歳を重ねると硬くなった土を掘り起こすことは、困難なことになり得ます。若くもなくたくさん年を重ねているわけでもない今、読むという視覚的な入力だけでなく、拙いながらも書くという出力の行為にすがり、心という土壌に言葉の森を育てることをいつの日にか実現させてみたいです。

春が近づいたその日、サリマは監督室に呼ばれた。連絡箱に給料明細が丸めていれてあり、その黄色い紙を広げると、中華料理の最後に勘定書といっしょについてくる貝のかたちをした焼き菓子のクジみたいに、走り書きされた小さなメモ用紙が密やかに丸まっていた。「休憩時間に監督室まで」とあって、サリマは作業場の奥にあるガラス張りの部屋に目を遣った。上から下までガラスが張り巡らされた天井の一部はアイスキューブの連なりのように数部屋に区切られていて、役職にある男たちが瞬時に従業員たちの働きぶりをチェックすることができた。とはいっても、そのガラスは話し声まで通さないから、女たちはある程度おしゃべりを楽しめたし、上役の方でも適度な会話は単調な作業をはかどらせるものとして咎めることはなかった。けれども手を休めることは許されなかった。手際よく捌き、商品としてプラスチックのトレイやパレットに詰めていくまで、監督らは見て見ぬふりをしつつ、きちんと女たちを見張っていた。

サリマの直属の監督は優秀な監視役で、ときおり細長いガラス戸から出てきて作業場をひとまわりした。タイル張りの床に踏み込むとき、革靴を脱いでゴム長に履き替えるので足音はまったくしなかったけれども、彼の姿を目にすると、みないっせいに口を噤んで手元に集中するのだった。排気口から蒸気が逃げていく音だけが騒がしく、ふたたびガラス戸の閉じる音がきこえると、生き返ったような表情になって女たちはおしゃべりをはじめる。みな、彼のことは嫌ってはいないのだが煙たく思っていることは確かだった。無感情な視線は的確に焦点に命中して、その動作にも無駄がなかった。始業前のミーティングでも必要以上のことも以下のことも話さず、隙がまるでない。しみひとつない白衣があたりの空気も人もはねつけるように輝いて見えた。女たちは監督を独り身だと決めつけ、想像上の別れた妻をでっちあげておもしろおかしく噂した。噂が現実となって職場内ではひとり歩きしていたが、誰ひとり彼の私生活を知るものはいなかった。知らない、ということは時には大きな恐怖となって偏った妄想へと女たちを駆り立てた。長靴に履き替えた監督が女たちの背後を無音で通り抜けていく。なるべく、会わないでおきたい。見かけることがあろうものなら、そっと視界から追い出す努力をしてしまう。この世のものではない、まるで死神みたいだとサリマは思い、ひそかに死神というあだ名をつけたのだった。その死神がなんの用だろう。

休憩時間になるとトイレに行くふりをして女たちの群れをそっと抜けだし、監督室に向かった。監督とは面接のとき以来、口をきいたこともなかった。監督はおびただしい書類のつまれた机の向こう側に立ってサリマを待っていた。やあ、待っていたよ、まあ、座って、と迎え入れた彼の口調は面接の時のビジネスライクなものとは違った。サリマは机の前の革張りのソファに腰掛けた。監督は、そうだ、と部屋を出て行き、しばらくすると紙コップ入りのコーヒーを両手に握りしめるように運んできた。なかの液体をこぼさないようにと、慎重な足取りと神妙な顔つきが、サリマをクスリと笑わせた。どうぞ、と監督は声をかけながら紙コップをガラスのコーヒーテーブルに置いた。エスプレッソの表面には白いクリームの渦が浮かんでいた。ひとくちコーヒーをすると監督は短く宣言した。あなたをエンプロイー・オブ・ザ・イヤーに選びました。サリマがきょとんとしていると、英語がわからなかったのかと勘違いした監督は、もういちどゆっくりと噛み砕くようにして言った。

「今年、一番よく働いた人に選ばれました。わずかですが賃金があがります、それから副賞として、金券をさしあげます」

サリマは目を白黒させてそれをきいていたが、どうして自分を選んだのかと監督に尋ねた。こんどは監督の表情がそのままとまったようになって、サリマのまったく驚いたことに——男の頬が赤く染まった。そんなこと聞く人、はじめてだなと小さく唱えるように言って、残りのコーヒーをひとくち飲み、見ていればわかりますからとはにかんだ。それに対してサリマもどう答えていいのかわからないので、コーヒーをすすった。監督は一枚の紙にサリマのサインを求めるとき、彼女の目を射抜くように強く見つめた。サリマは網に掛かった魚のように、その密度の濃い視線に心を暴れさせたのだが、やがてそれを無理矢理鎮めるとボールペンで名前を書いた。こんなふうに自分を見つめる人はいままでいなかった、渇いた喉が声にならない声でしびれたようにそう発音した。目の前の紙片に何が書いてあるのかは当然のことながらわからなかった。それでもサリマは時間をかけてひとつひとつの単語を目で追った。知っているものも知らないものも。監督は正面から彼女の目の動きを見つめることだけに集中していた。それは、ガラス越しに女たちの働きぶりを監視するときとは違って、あからさまな激しさといたわりを秘めていた。監督の両手の指は、しっかりと組み合わされて膝の上に投げ出してあった。白い指の一本一本がつめたい粘土細工のように見えた。青い目の虹彩には細い血管が浮いていて、その色はあたりまえのように鉄分を含んだ赤だった。はっきりと区別された青と赤がサリマに理解を求めていた。なにかを殺すことに慣れてしまった人、いや、慣れようとしてできず、自分の気持ちだけ殺すことを覚えた不器用な人。ほら、子供みたいにびくびくして、おかしな人。唐突に、以前には感じなかった死神に対する親密な感情がサリマを洪水のように襲った。サリマがそうやってあかるいさざなみを広げるように口元をうつくしく微笑させると、監督もその余波を受けるごとく、やわらかい笑顔を返してきた。そこに、交わす言葉はいらなかった。

小さな町のローカル新聞では、どこの家に赤ん坊が生まれたとか、どこそこの息子が二十一歳の誕生日を迎えただとか、何月何日何曜日にどこでだれがだれと結婚式をあげるだとか、日常の社交に不可欠なことを知ることができた。この新聞をもとに、人々は礼服をクリーニングに出し、誕生日祝いのカードを買い、おくやみの電話をかけ、街角で知り合いと噂した。次の朝もその例外ではなくて、地元の企業の「エンプロイー・オブ・ザ・イヤー」たちが、写真つきで掲載されていた。サリマも六人のなかのひとりとして、面接採用のとき撮った無表情な顔がちいさく載っていた。ちいさいのに、サリマは一番目立っていた。地元の人間以外の写真が載ること自体、この新聞ではめずらしかったからである。職場の仲間は、夫に逃げられて二人の子供を育てながら働くサリマを哀れんでいたので、羨望というより同情のまなざしでいっぱいだったし、それがサリマをうんざりさせたのだけれども、そんなことはおくびにもださないでサリマはお礼を言った。その午後学校へ行くと、オリーブがいちはやく駆け寄ってきて、すごいわねと目を瞠《みは》って喜んでくれた。教師も知っていて、おめでとうと黒板の近くから声を掛けてくれた。サリマは少し得意だった。いつもは天気予報ばかり読まされているおちこぼれも、今日ははれがましい気持ちだった。ハリネズミはまだのようだった。ハリネズミと顔を合わせるのがなんとなく気まずかったサリマはほっとして、いつも彼女が座っている席を眺めた。しかし、彼女の名前を耳にした教師が顔を上げていったことに、サリマは胸を衝かれた。あの人はね、ここで勉強させるより、大学の方がよいと思ってね。故郷《くに》では大学を出てるってことだし、論文が書ければこちらでも大丈夫だし、とても勉強家だからもっと上を目指しなさいと言ったの。きちんとした教育施設には託児所だってあるし。私が推薦状を持たせて、今日あたり出かけているはずだわ。うまくいくといいのだけれど。

その日の授業はまったく手に付かず、サリマはハリネズミのことばかり考えていた。

エンプロイー・オブ・ザ・イヤーのことなんてどうでもよくなって、ひたすら彼女に、大学に、託児所に嫉妬した。

監督がサリマの通う英語クラスのある職業訓練学校に、なんらかの私用で通っていることがわかったのはそれからしばらくしてからだった。昼下がりの教室の窓辺でぼんやりしていると、彼が中庭を横切るのが見えた。初夏の風が木々の長い葉を揺らしてさわさわと鳴り、ジャスミンの花がフェンスいっぱいに這い上がり匂い立っていた。監督さん、とサリマは思い切って呼びかけてみた。すると相手は立ち止まってあたりを見回したあと、彼女に焦点をあわせてゆっくり近づいてきた。白衣にゴム長という姿しか見たことがなかったので、ブルー・ジーンズにネルのシャツという格好の彼は別人のように見えた。英語のクラスですか、となんでもないように尋ね、サリマは、はい、と短く答えただけだった。ふたりともだまりがちで会話らしい会話はしなかったのだが、学校にいること自体がお互いの秘密をわけあったような雰囲気になり、互いに尋ねることも答えることもなかった。ふたりして、職場以外のところで肉や魚の切り身以外のことを見ている、それだけで満足だった。あたりは黄緑の芝がいちめんで、造園科の植えた草花がいろとりどりに芝を縁取っている、ただそれだけのことがサリマにはじゅうぶんすぎるくらいだった。ここでの暮らしになれましたか、と監督がサリマに訊いた。ここにも仕事にもやっと慣れたと彼女が答えると、彼は意外な表情をして、それは違う、あなたは違うと頭を振った。この期におよんで自分が仕事に慣れていないなんて、どうしてそんなこと。自分のなにが違うのかサリマはまったく見当もつかなかったが、彼の褐色の巻き毛がふわふわと揺れるのを見ながら、彼自身もきっとなにか違うと感じているのではないかと想像した。

「あなたは、違う。だから、いいんだ」

監督はふたりきりの時間をたいせつそうにその一言でしめくくると立ち上がり、表玄関に続くガラス戸をくぐり抜けていった。

授業中、サリマは頬杖をついて違う、違う、となるべくきちんとした発音でつぶやこうとした。自分の舌に掛かってしまえば、なにもかもそれこそ「違う」ことになってしまいそうだったから。妙な苛立ちをおぼえてふと見上げると、教師がサリマの目のまえに迫るようにして立っていた。今日から、あなたには簡単な宿題を出すことにする、ということだった。

　サリマが家に持ち帰った宿題は、アルファベットの書き取りと簡単な単語の並べ替え、短文の穴埋め問題、印刷された絵を短文で説明する記述、などだった。息子たちは母親の宿題を笑った。女はバカだから、と夫がいつもそうサリマに言い放ったときと同じ口調だった。宿題が出ること自体、彼女には大ごとだった。息子たちに馬鹿にされながらも、その夜遅くまでかかって彼女はアルファベットの大文字小文字を書き揃え、単語を並べ替え、穴を埋め、主語と動詞だけで説明した。慣れないことに骨を折りながらも、知らない事への恐怖が知ることの歓びにかわるのを夜の静けさのなかで味わった。そして彼女の脳裏には昼間、監督が違うといって確かに否定したなにかが渦巻いていた。それは、きっとどんな形であっても、オレンジ色に違いないと考えるだけでサリマは慰められた。英語教師は次のクラスも、その次も、授業のたびにサリマに宿題を出すようになった。ニンフたちやオリーブと比べればかなり容易なものに見えたが、教師はサリマの宿題には一種の使命のようなものを感じているらしく、その出所や採点には相当注意深く心が配られていた。故意にしばらくのあいだは天気予報ばかり読ませたが、それはみんなの前で英語で発言することにすこしでも自信を持たせたいという配慮からだった。サリマの厚みのあるアルトは印象的だったが、自信のなさから語尾が消え入るようにあいまいだったので、そこから徹底的に始めないとだめだと教師は確信しているようだった。サリマがこの尊大な荒療治に我慢できるかは不確かであったが、教師は休まずに教室に現れる、この懸命な無学そのものの生徒をどうにかして育てる、いや救いたかった。その甲斐あってか、サリマはどんな天候でもきちんと読み上げることができるようになっていたし（本人はあまり気づいていないが）、きつい訛りはしつこいくらい同じ注意を受けて矯正されつつあった。天気予報の単語に限られたことではあるが、ずいぶんなめらかな発音になっていたのである。しかし、この空っぽの生徒のなかで、なにかがずたずたになってしまっているのを教師は知るよしもなかった。紙の宿題は、その空洞を埋めた。無残に潰れた傷にあてがわれる絆創膏のように、サリマの内側に一枚一枚慎重に貼られていった。あたかもそれは中国人が調合する薬草のように、ゆっくりと確実に傷を癒やしていった。

宿題の効き目があらわれたとサリマが自覚したのは、スパゲッティをゆでている夕暮れどきだった。スパゲッティの袋に書かれた「調理方法」という文字がいきなり目に飛び込んできたかと思うと、それが読めて理解できたのである。サリマは天にも昇る心地で、つぎつぎとそれに続く単語を拾っていった。読めないものもたくさんあったが、前ほどちんぷんかんぷんではなかった。これが監督の指摘した「違う」ことなのだろうかと、嬉しさで頬を緩ませながら自問してみるのだったが、一呼吸おいて、サリマは監督がしたように頭を振って違う、と発音した。意識しないとやっぱりひどい訛りが追いかけてくる。アルミの大鍋から勢いよく湯気が上がっている。違う、オレンジ色じゃないもの。キッチンの床で夕闇にまみれた影がサリマにそう耳打ちした。

ジョーンズ先生

お変わりありませんか。ジョエル君、VCEをポイント90で突破したとのこと。本当におめでとうございます。「上級数学」のスコアを心配していらしたけれど、総合で90はなかなか取れません。来年はギャップイヤーですか。私にも、ギャップイヤーがあればよかった、ストレートに大学へいかないで、いろいろ考える時間が欲しかったです。

“Francesca”、もう少しディテールにこだわるようにとのことでした。ディテール。これがすべてだといっても過言ではないと先生はいつもおっしゃいます。「強すぎる、副詞が足りない、形容詞を副詞で修正しなさい」と。英語の形容詞は多彩すぎて、形容詞を選ぶときは実際の会話や口ぶりから分析したうえで感覚に頼るしかありません。モザイクのタイルのようにそのひとつひとつが不可欠なのだということはわかっているつもりなのですが。先生が丁寧に選びぬいて私に掛けてくださる言葉と同じ。

役所から紹介されて、最近まで職業訓練学校のＥＳＬの教室に通っていました。田舎のことなので、そちらのようにはいきません。クラスもひとつ、先生もひとりで、生徒はレベルも目的も関係なく一緒くたになっていました。英語を学ぶ、それだけが唯一の共通点。授業中、娘を預けるところが見つからずやむなく教室に連れて行っていたのですが、先生もほかのクラスメイトの皆さんも女性ばかりで、赤ん坊が大声で泣きわめこうが嫌な顔ひとつしませんでした。パオラ――クラスメイトのひとりで、成人した子供さんたちが三人います――が、よく娘の面倒をみてくれていました。というより、面倒をみたくてうずうずしていたと言った方が当てはまります。そのほかには、スウェーデン人の若い女の子たちが三人、それからアフリカのスーダンかソマリアあたりの難民の人だと思うのですが、ナキチという人がいました。スーパーマーケットで働いていて、シングルマザーだということです。彼女は授業のはじめに天気予報の記事を読まされていたのですが、こっちが気の毒になってくるくらいでした。素養というものが、まるで見当たりませんでしたので。先生だったら、彼女のような学習者をどう導くでしょうか。クラスの先生はマクドナルド先生で、ロスリン、とファーストネームで呼ぶように言われていました。同じ英語の先生といっても、ジョーンズ先生とロスリンのスタイルはまったく違いました。ロスリンは若くて、オーセンティックな教材を上手に使いますが、コロンの位置が違うというだけで私は自分の書いたものを突き返されましたし、ナキチの発音をクラス全員の前で訂正したりと、容赦ありません。クラスの生徒のレベルがてんでバラバラということもあるのでしょうが。ロスリンが私はここでは退屈だろうから、大学内にあるESLに移ってはどうかと。託児所もあるとのことで。彼女に勧められるまま、コーディネーターのインタビューに行きました。VCEとIELTSのスコアを見せると、すでに学位をもっていることだし、修士課程のコースワークを履修してはどうかとの話でした。小さなキャンパスですが、文系が充実しているのは幸運なことでした。それで、今回の移動のために断念していた勉強が再開できることになりました。でも学費が高いので、まずは一教科ずつ始めることにしました。子供もいることですし。あいかわらず、ディスカッション・ボードでは母語のフル武装の若い学生たちにやられっぱなしで、一言も発言できません。彼らの饒舌と雄弁にかかると、「一本の木が立っていた」という単純極まりない事実も「百本の木が立ち並ぶ」幻想的風景に様変わりしそうです。そうしているうちに、チュートリアルの教官に呼び出されました。ディスカッションでのだんまりを批判されるんだろうと戦々恐々として教授棟を訪ねたのですが、それには一切触れず、きみという人はどちらかというと、一つのことを追求することに向いていそうだから、コースワークよりもリサーチに変更したほうがいい、それから、週に一度、ここにお茶を飲みにいらっしゃいとのことでした。いつも最初に間違った場所で失敗をして、そこからしか本来の居場所にたどり着けないのが私という不器用な人間です。ESLのビジネス・イングリッシュにいた私をアカデミック・ライティングに誘って下さったのも創作《クリエイティブ・ライティング》をすすめて下さったのもジョーンズ先生でしたね。以来、授業のあと娘を託児所に迎えにいくまでの時間、オブライエン先生——ニールと呼ぶように言われています——美術史の先生のニールのところにお茶を飲みに行って、半時間ほど話します。話していると時間が経つのを忘れます。このあいだは、「きみにとって美とはなにかね」などと抽象的なことを訊かれて大変困りました。正義です、美しいことは正しいことです、と答えたら、部屋中が壊れそうな大声でニールに笑われました。今度は家族で自宅に夕食に来なさいとのことです。

同じ構内で夫を見かけることがあります。「イット先生」などと学生に呼ばれるのが相当嬉しいらしく、顔じゅうがにやけています。まあ、彼のこれまでの努力を振り返れば、無理もありませんが。娘は七ヶ月になりました。週に一度の託児所にも慣れて、やっと離乳食もひととおり口にするようになってひと安心と思っていたら、はじめてカゼをひきました。託児所にいれると、次から次へ病気をもらってくるよと言われていましたが、まさにその通りでした。いまも鼻水をたらしています。夫は娘の最初の一言をいまかいまかと楽しみにしています。言葉を話し始めたら、一人一言語の原則を守って話しかけ、逐一記録すると意気込んでいます。彼女が発する言葉は、彼にとって一番身近なサンプルになるからです。

そういえば、トラッキーに請われて、E・B・ホワイトの〝Charlotte's Web〟を音読しています。ドラマーを黙らせて娘を彼の腕で眠らせて階段に座って、です。息子さんが読んでいるのを見かけたので、ということですが、シャーロットという灰色のクモが出てくる、あの有名な子供の本です。私はこの有名な児童書をよく知っています。それに、〝The Spiders〟はこの話をヒントに書いたことは先生もご存じですよね。トラッキーは大きな体のくせにやたら涙もろい人で、チャプターごとに、俺の息子はこんないい本をひとりで読めるのかといって泣きます。このさいと言ってはなんですが、前から気になっていた彼の見事な刺青のことを思い切って訊ねてみたら、牢屋に入ってたときに仲間に彫ってもらったとのことでした。一体どうやって、と驚きを隠しきれずつきつめようとすると、俺は人ができることはできないが、人にできないことはできるんだとニヤニヤ笑うだけで教えてくれませんでした。

時折、前に通っていた職業訓練学校の英語のクラスメイトのことを考えます。やっている内容はともかく、パオラやナキチと言葉を交わし始めたところだったので、途中でやめたのは少し残念でした。パオラとは今でもときどき会うことがあります。彼女はすごくいい人だけど、パオラの前だと、ナキチも私も何も言えなくなります。どんなに使い勝手の悪い道具でも、三十年も手にしていると使いこなせるようになるというか、彼女の英語は力任せです。その迫力といったら、こちらが圧倒されるくらいで、その強引さから彼女がこの国で暮らしてきた三十年を想像せずにはいられません。最近ではパオラの発音や言い回しの癖までこちらも覚えてしまい、他の人には不自然に響いても、慣れっこになっている私にはちゃんと理解できるし、気になりません。夫に言わせると、この現象は「言語の化石化」と呼ばれるのだそうです。化石化、です。学者って酷いと思いませんか。そんなふうに分類されて心を石のように固くする人があることも知りもしないで得意になってるんです。成人してから目標言語と取っ組み合っているナキチや私の英語も、どんなにあがいても、いずれ「化石化」するとでも？

パオラの家には数回招かれました。家中の軒という軒に、乾燥させたホームメイドのパスタが下がっていました。お庭が見事で、数年前にブルーリボン賞をとったバラ園がご自慢です。イングリッシュボックスの生け垣が、ロリポップのような愛らしい形に刈り込まれているのが目を引きます。確かカレル・チャペックが言っていたのだと思いますけど、庭造りはそれなりに年を取ってからでないとできないとか。ああいう庭を見ていると植物や天候などの不確かなものに賭ける勇気というのは悟りに近いものがありますね。それなりの境地に立たないとできない。遊びに行くと、娘はたいてい彼女の娘さんが使っていた部屋で昼寝させてもらい（家にかえるとドラムの音がひどいので助かります）、パオラ特製のパスタを潰した離乳食を熱心に食べ（どうして母親の私が作る米がゆは気に入らないんでしょう？）、夕食時に旦那様（とっても優しそうな人）が帰ってくるまで彼女のとめどないおしゃべりを聞いて過ごします。三人の子供さんは、それぞれ、ケアンズ、シドニー、それから香港にお住まいで、めったに会うことはないそうです。このごろ、なにもやる気がしない、朝起きるのがおっくうだ、と彼女は言います。きっと、パオラは寂しいんだと思います。寂しい、単にそれだけだったらいいんですが。いま、こうやって彼女のことを書いていると、パオラは言葉だけじゃなくて、彼女自身も化石化しているように思えてきました。

今日はとりとめもないことを書きました。ディテールというのは、こういうふうに書けばいいんですか？　余談ですがロスリンは鋼のように赤い髪をしていて、その赤毛を炎のように揺すりながらいつまでも引きずるような笑い声を立てます。ナキチはロスリンが笑うたびに、罠にかかった小動物みたいにおっかなびっくりしていました。可哀想なナキチ。自分のことを笑われていると思ってるのかしら、そうじゃないのに。自分では気がついていないけれど、彼女は無心になにかを求める人です。たとえ、そのなにかが手に入らなくても、求める途中で得たものが大切なものとして手元に残るのではないでしょうか。国籍や人種、そして自分の境遇を言い訳にしない、言い訳そのものを知らない、希な人であることは間違いありません。

今日はこのへんで。またおたよりします。

S

To: All

From: Hiroyuki and Sayuri Ito

Subject: Personal Notice

26/2/2004 9:25pm

Dearest All our friends,

Ito, Yume Noel.- 12th December, 2002 - 24th February, 2004

Our precious daughter, Yume, passed away suddenly (SIDS) at Port Griffin on February 24, 2004.

Private service and cremation.

Sincere thanks for your support
and understanding of this difficult time.

「チーフ、監督室まで」

　休憩時間が始まってすぐ、放送でサリマは呼ばれた。短い夏が足早にすぎて、秋の風が吹き立つころのことだ。勤め始めて二年がたとうとしていた。同胞の仲間の何人かは仕事を変えたり、引っ越ししたりして姿を消した。サリマはそんな残党のなかでも仕事の腕は速くて正確だと評判だった。そしていまでは新人に肉や魚の捌き方を教える教育係でもあった。最初の一日で、それが移民であろうと地元の高校生であろうと、次の日も出勤する人材かどうか経験と勘で判断することさえできた。まだ夜が明けきらない時間に、監督がサリマに引き合わせた新人を彼女はショックと意地の悪さで迎えた。アジア人はみんなおなじに見えて見分けがつかない、と人はいうけれど、自分がよく知っている人物なら見分けなんかいっぺんでつく。ハリネズミもサリマをちゃんと覚えていて、驚いたように安心したような、はにかんだような顔で監督の横に立っていた。こちらがチーフのサリマさんです。この人にいろいろ教わって下さい。監督はサリマがはじめて会ったときと同じ、ビジネスライクな声色でハリネズミに話しかけていた。ハリネズミの腕にはクリーニングされた白衣がかかっていた。

　ロッカー・ルームにサリマはハリネズミを案内したがふたりとも無言だった。一方、サリマの影はこの小柄なアジア女性を覆って圧倒していた。サリマはこの心地よい沈黙をじっくり楽しんだ。大学に託児所に彼女にあんなに嫉妬したはずの自分が、「きちんと学校へ行った人」を教えるなんて！　それは快感でもあった。威張っていろいろ教えてやってもよかった。けれど、サリマはそんな優越感に浸りながらも、この人がここにいるのは違っているとはっきり断言することができるのだった。あんたは違う、と心の中でつぶやきながら、あてがわれたロッカーの扉をあけるハリネズミの背後から、サリマはようやく話しかけてみた。赤ちゃんを預けてダイガクで勉強してるんじゃなかったの。その毒を含んだ自分の問いかけをのちのちサリマは後悔することになるのだが、相手の答えで頭を殴られたようなショックを受けた。あの子は死んだ。ハリネズミの物言いはあいかわらず平べったかった。悲しみなんかどこにも含まれていないような単語の羅列だった。一歳になったばかりだった、託児所のベッドで寝かせていたらうつぶせのまま死んでた、と同じ間隔で釘でも打つような調子で若い母親は言い並べた。もういいんです。ハリネズミは続けた。大学も、勉強も、へたしたら家族だってもう。いい仕事につきたかった。私のこと笑ったひとを見返してやりたかった。でも子供、死んだ。この国でたよりになるの、ほんとにお金だけになった。

そう話しながらハリネズミは手際よく白衣を着てゴム長を履き、準備完了といったふうに教育係の前に立ち、表情のない顔で見据えた。一重まぶたの下で鈍感な黒い瞳が微動だにせず浮かんでいた。きちんとうしろで束ねられたまっすぐな黒髪をサリマはそっと撫でた。ハリネズミがサリマを驚いたように見上げた。バカだよ、あんたは。バカ、バカ、バカ。子供が死んだからって、ここはあんたのくるところじゃないんだ。サリマの激しい口調が廊下にまで響いた。ハリネズミが涙声になって、バカなんです、バカなんです、としゃくりあげた。子供を預けて勉強しようだなんて、あの子を託児所の冷たいベッドで死なせて。あたしがへんなこと考えずにあの子と家にさえいたのなら！　サリマがはっとするほどの抑揚のある英語で彼女は訴えるように叫んだ。その波が静まるとこんどは、いつも通りの朴訥な言葉が必死になって並べられた。夫が疎ましかった、自分の好きなことを好きなだけやっている彼が、そうやって外の世界とつながって、家族を養っていると威張り散らしている男！　その男の子供も私がなにかしようとすると泣き声をたてて恨めしかった。そう、あの子がいた！　私はひとりきりじゃなかったのに。ひとりきり、という言葉にサリマは戦慄した。自分には息子がふたりいてもサリマはひとりきりだと、そのときはっきりと認めて次の瞬間、愕然とした。そして淡い蛍光灯の下の自分の影を求めた。さっき廊下を歩いているときはあんなに大きく見えたのに、いまそれは、むき出しのコンクリートにとけて所在なげだった。急に、サリマは怒りと悲しみにさらわれそうになった。

でもあんたがここにいるのはおかしい、ぜえったいにまちがってる、ハリネズミの震える肩を抱きながら、サリマは自分のわななく唇を相手のこめかみに押しつけながら声を絞り出した。いまは、とにかくここで働いてなにも考えずに眠れたらと、サリマの胸に顔を押しつけてハリネズミは涙で濡れた目を閉じた。ハリネズミは血の涙を流している。そしてその血の雨はやむことがない。乾ききることのない血の粒が雨みたいに彼女に降りつけている。

それからの数ヶ月、サリマは不本意ながらもハリネズミに手取り足取り、職場のルールから仕事のやり方まで教え込んだ。根がまじめで勤勉で、そして努力家であったから、ハリネズミはすぐに仕事を覚え正確にこなし、監督からも精勤賞を与えられたが、本人はさして嬉しくない様子で相変わらず平らな表情をしてうつむいていた。しかし、秋も深くなると、ふたりは仕事上のいいパートナーとして対等に話し合うことをおぼえ、冗談まで言いあうようになった。そして、サリマにとってなにより有り難かったのは、このところ難しくなってきた英語の宿題をみてもらえることだった。わからない箇所にぶち当たるたび、ハリネズミは頼りになった。彼女にかかればたいてい瞬時に答えが出てきたし、ちょっと時間がかかっても彼女は前後の文章を丹念に我慢強く読み返して、理解につなげようとした。うつむいて紙面を凝視する、針金みたいな黒髪が額に落ちるのをそっと手で押さえているその息詰まるように真剣な横顔を見るたび、サリマはあんたがここにいるのは間違っている、とつぶやくのだが、たとえそれを耳にしてもハリネズミはにっこりと笑いかけるだけで職場を出て行こうとはしなかった。私はここが気に入っているの。だって、あなたみたいな人がいるんだもの。ハリネズミは恥ずかしげもなくサリマにそう告げるのだった。サリマも心のなかで答える、そうかもしれない、監督みたいな人がいるんだから、と。

ニンフたちが帰国し、オリーブも夫の定年退職に申し合わせたように教室を去ると、クラスに残されたのはサリマと年若い東欧からの留学生が数人だけになった。留学生たちはゆくゆく大学本科の入学試験に通るのが目的で通ってくるわけだから、試験専門の教師が雇われて彼らの指導にあたった。しばらくのあいだ、教師とサリマふたりだけのレッスンが続いた。その日、赤毛の英語教師のもとにサリマはハリネズミを連れて行った。ふたりは授業そっちのけで女教師と午後いっぱいおしゃべりをして過ごした。壁に備え付けられたオイルヒーターから熱気がたち、その上の窓ガラスが白く曇った。サリマからハリネズミの事情をきかされていた教師は、頭巾をかぶったような漆黒の髪を肩に垂らした彼女が教室の扉口に立っているのを認めると、駆け寄って抱きしめた。そして、よく帰ってきました、あなたさえよければ、ここでまた勉強しませんか、と低くかすれる声で言った。嗚咽を抑えながら彼女は何度も首を縦に振った。

そして、サリマとハリネズミと赤毛の英語教師三人だけのレッスンが、冬じゅう続けられた。

夜遅く電話が鳴った。電話で話すのはいまだ苦手で、夕食時の時間帯であればたいていそれはセールスや募金やマーケティングといった類の用件らしい用件でない内容だったから、しばらく鳴らしっぱなしにして呼び出し音が止むのをまつのだが、宿題を終え、寝支度をととのえてベッドにもぐりこんでしまおうとしていたときの呼び出し音は、誰かが彼女になにかどうしても伝えることがあるような予感がした。受話器をあげるなり、よく知っている声がハロー、ハローと他人行儀に呼びかけた。夫、だった。もう家をでて二年以上音沙汰のなかった、つまりこの国の法律によれば望めばいつでも正式に別れられる条件を満たした相手が何をいまさら電話なんて。日常では夫のことを思い出したり考えたりすることは皆無に等しかったが、思春期にさしかかろうとしている上の息子が最近とみに父親に似てきて、母親を蔑むその口調や声色さえそっくりだったから、サリマにすれば夫の小型と暮らしているのと同じことだった。しかし、電話口のこの声は息子のとはちがって、中年らしくくぐもって懐かしささえ覚えた。サリマは彼がいまどこでどうしているのかを訊ねた。都会で配達の仕事に就いた、と短く答えて夫は息子たちの近況をきいた。まさかとは思うけど、あの子たちに会いたいの、といまさらながらに驚いてみせると、息子たちの父親は虚をつかれて言葉をさがすのに手間取ったあと乱暴に言い放った。そうだ、悪いか。おれの息子たちなんだからな。サリマはあきれかえって受話器を反対側の手に包み込むように持ち替えた。二年半よ。上の子はいまいくつ？　下の子は？　ちゃんと答えなさいよ。サリマは猛烈な怒りで大声をあげそうになったが、すぐそばの二段ベッドで寝ている子供たちを窺って押し殺すように言った。十一と八つ。子供の父親は正確に宣言した。おまえは相変わらずだな、いったいいくつになったんだ、そもそもおまえにちゃんと数えられるような歳なんかあるのか？

その夜、サリマは一睡もできなかった。ただでさえ朝が早いのに睡眠時間を削られることは辛かったが、眠りはついに訪れなかった。

ひとつ、ふたつ、と闇の中でサリマはちいさく数えた。故郷では自分の正しい年齢を知っている人間は周りに少なかった。サリマは大きな飢饉の年に生まれたから、母親がそれを基準に彼女の歳を数えた。ここのつ、とお。このあたりまでは学校に行ったり家の手伝いをしていたけれど、そのあとは焼け出されたり逃げ回ったりしていて、いったいなにをしていたのかはっきりしない。じゅうご、じゅうろく。ここらへんで何週もさまよい歩いて、はじめて川というものを見た。下の弟は灼熱の地獄に耐えられなかった。川を越えれば、食べ物があると言われたが、食べ物よりも目前の水が飲みたくてその川に飛び込んで、たらふく川の水を飲んだ。飲まず食わずの長旅で弱りきっていた上の弟は、その水に合わなかった。その弟を川の側に埋めてくれたのが、夫だった。夜の野獣たちに彼の亡骸が掘り起こされないようにと、深い真っ暗な穴を掘ってくれた。いい人だと思った。

じゅうなな。サリマはそこまで数を刻んでふと口をつぐんだ。十七であの男のものになった。翌年には息子が生まれて、そのあいだも、総出で大移動の繰り返し。下の息子がうまれたのはいったいどこだったのか。ただ汚らしい毛布の上だったことしかおぼえていない。そのとき自分がいくつだったのかさえ記憶と現実がつながらなくて混乱するばかりだ。そして、ここへきたのはたしか、二十五歳。

Twenty-six, twenty-seven, twenty-eight. サリマは英語で続けた。あいかわらずつよい訛りがあるが、伝えるには十分だった。二十六で仕事にありついた。二十七で学校に通い始めた。二十八でチーフになった。ここにきてからその一年ごと季節ごとに、なにを自分が選んで努力してきたか、彼女は昨日のことのように思い出すことができた。サリマは自分でもおかしくなって低く笑い声をもらした。月の光の中で、その笑い声はしみじみと広がって寝間にふってきた。二十六のときなにも見ない聞かない記憶しない、自らそう強いたのに、見るものは見て聞けるものは聞き、記憶できることはすべて記憶してきたじゃないか！　与えられるがままの生とはこんなものかとあきらめ顔で故郷を出たとき、そしてここについたときのことなんてまるで記憶にないのに、選ぶことを許されてからは逐一自分がどうしたいかだけを自問してすごしてきた。そこに夫の存在はなかった。

Twenty-nine. サリマはこの数字をぼんやりみすごすことはもうできなかった。あの職場のことなら作業所から地下の冷凍庫、男女の従業員同士が仲間の目を盗んで抱き合う屋上の一角まで知り尽くしている。けれど、夫についてはもう知る必要がない。息子たちの父親だという事実が意識の底にあるだけ、それに夫の方ではははじめから妻にはほとんど興味を覚えず、単なるつがいに過ぎなかった。

息子たちに会わせろと迫られて、サリマはまだこの男がどこかで自分とつながっていることに驚きさえした。すべて彼に頼らなければ生きていけないと教えられていたし、そう信じていたというのに。失うかも知れない、サリマは息子たちが父親に駆け寄るところを想像した。そしてさらに驚いたことには、もしそうなっても、自分ははじめからひとりぼっちだったんだから何もかわりはしないという考えが頭をかすめたことだった。いつくしんで育ててきたつもりだが、結局自分の持ち物ではないのだ、子供なんて、と。それでも、失うことは哀しかった。ハリネズミが子供を失ってはじめて母親になれたと自分を嘲笑うようにして吐いた言葉を思い出して、サリマは胸が苦しくなった。

例の電話の件をサリマは誰にも話さず、数週間後に田舎町の駅のホームに夫が息子たちを迎えに現れるその日まで、当の息子たちにも父親のことは伏せておいた。あれこれ言い含めてセンチメンタルになるなんてことは、二十九歳の彼女のリストには載っていなかった。息子たちは数日、夫の新しい住処である大都会の空気を吸って戻ってきた。それ以降はふたりとも父親のもとへ行きたがった。その残酷な正直さにサリマは深く傷ついた。けれども、傷ついて誰かの胸で涙をこぼす、これもリストにはもちろんなかった。サリマはやっと摑んだ生きるという営みを、もう誰にも何にも邪魔されたくなかった。それは自分が気に入って試着した服を店員があれこれ難癖をつけて他の商品とすりかえるような、親切心という名の侮辱と脅迫にがまんがならなくなっていたからだった。やっと摑んだ自分をサリマは離したくなかった。たとえ、それでふたりの息子を奪われることになっても。

ジョーンズ先生

ご無沙汰しております。

娘が亡くなった折にはカードとお電話、それから長いお手紙をありがとうございました。すぐにお返事を書こうと思ったのですが、しばらくは英語でも日本語でも、考えることも書くこともできませんでした。

昨日、夫は予定通りボストンへ出かけていきました。一ヶ月間の研修で、去年から予定されていたことで本人も楽しみにしていました。少しでもお小遣いをもたせてあげたかったけれど、葬式（夫と私だけの密葬です）やその他もろもろの出費が重なり預金はほとんどゼロです。

先生。私、ときどき、陶器の蓋をあけて娘の灰を眺めているんです。この地方では土葬がほとんどですが、火葬の方が料金が安かった。柩の蓋が閉じられるとき、夫が声をあげて泣きました。自分の母親が亡くなったときにも泣かなかった人が、です。

娘は夫が中国の大連に出張中に生まれました。そして誰も煩わせることなく死にました。ひとりで生まれてひとりで死にました。私たちの前から姿を消すことでしか、愛されることがないと覚って、それぞれに自分のやりたいことで頭がいっぱいになっていた私たちを罰したのです。

あの日、娘は風邪気味でした。医者に連れて行こうか迷いました。まだ一時《テンポラリー・》居住者《レジデント》ビザで健康保険が使えず、数週分の食費の額が脳裏をかすめました。私は医者に行かないで、授業に出るために彼女を託児所に預けることを選びました。授業のあと、ニールの部屋でおしゃべりもしました。きみはおよそ美術品と呼ばれるものの何に感ずるかね、と聞かれて、色だと答えました。嘘とごまかしのない色彩そのものに感動します、と。そして、託児所へ娘を迎えに行くと、保育士たちが赤ん坊のひとりの息がないことに気づいて大騒ぎしていたのですが、それが自分の子だと聞かされても、二度と目覚めることのない娘を目の当たりにしても、彼女たちが冗談か嘘を言っているのだと、救急車が到着しても凝った演出だと思ったくらいでした。けれども、娘の死は嘘もごまかしもなくて、灰とおなじ不透明な白に私の頭を埋め尽くしました。音もなく降り積もる雪のように時間が経つにつれ大きくのしかかっていく悲しみに耐えきれないという事実が、私を初めて母親にしました。ひとりでは耐えきれず、だれかに子供のように甘えて頭を撫でられたくてパオラの家を訪れましたが、ご主人が出てきて彼女はしばらくイタリアに里帰りしているとのことでした。俗にいう鬱病というやつにかかって、死にたいとばかり言い出したので、親戚縁者のもとで転地療養させたとのこと。彼女を見るたびにいつも、あんなふうになりたくないと漠然と思っていましたが、それは彼女のこの結末が無意識に読めていたからかもしれません。結婚という目的でこの国にやってきて、子供が巣立ったあと何をしていいのやらわからないと不安そうにしていたパオラが昨日のことのように思い出されます。自慢の庭が、心なしか荒れていました。真っ青なアジサイが玄関先に咲いていました。海のように青い花を咲かせるんだといってその根元に特別の肥料を撒くのを私も手伝ったのです。彼女が戻ったら連絡を下さいとだけしか、ご主人には言えませんでした。

先生。私は選んだのです。あの子を死なせることを。母親のエゴの下敷きになってあの子は死にました。あの子の燃えかすは、大きな壺の底にわずかに溜まっているだけ。葬儀屋さんの話だと体格のいい男性などは入りきらないとか。この壺いっぱいに与えられるはずだった時間を、この空虚をなにで埋めればいいのでしょう。先生、灰は冷たくありません。亡骸は芯から冷え切った、金属のような堅さと底冷えのする冷たさがしていたというのに。灰は指の間を滑っていくたび温かくなります。そうやって何時間も過ごしているうちに、時間も時刻もわからなくなります。いまやドラムの音は私をこの世にとどめ、階下の理容師が朝、出勤するため車のエンジンをかける音、夕方、帰宅時にエンジンを切る音が、私を時刻という現実世界へ呼び戻します。夜になり、自分がその日も生きたことが許せないまま床につき、翌朝目覚め、ふたたび生きなければならないことに絶望します。まず生きていることの証しに嫌気がさします。ベッドから起きあがる自分の体、鏡に映る自分の顔、呼吸し食事し排泄する自分の肉体。買い物に出掛け金銭を数え、必要とあらば会話をする自分の社会性。悲しむ術を求めて涙を流す、そのほかにはなにもできない、私を私たらしめる自分の感情。それら正しくもなければ価値もないことのすべて、私という人間の存在そのものをかぎりなく憎悪します。

大学には娘のことがあって以来行っていません。ニールがなんとかして戻りなさいと言ってくれていたのですが。新学期が始まったところで、最初の課題の論文もドラフトができあがっていました。特別の措置ということで四週間の猶予をもらいましたが、結局仕上がりませんでした。家に閉じこもっていると、自分でも何をしでかすかわからなかったし、経済的にまったく余裕もないので勤めようと思い、CVをローカル新聞の求人欄を見て手当たり次第に送ってみたのですが、まったく反応がありませんでした。もしや、と思って、電話帳でこの町で一番多い苗字――マッケンジーです――を調べて、「ナタリー・マッケンジー」というそれらしい偽名で応募したら、次々と連絡が入ってくるではありませんか。まさか、自分の名前が差別の端末装置になっているとは思いもよりませんでした。人種差別は肌の色で区別されますから一目瞭然で、おおっぴらに議論されるべき議題になり得ますが、名前による差別とはどう分類したらいいのでしょう。とはいえ、いまの私にはそれを追及する気力がありませんので、もうめんどうになって、いつも買い物に行くスーパーマーケットのドアに貼られてあった「生鮮食品加工のパートタイマー。経験不問」の求人をみるなり、ほとんど衝動的にカウンターへ走り寄って、あの仕事に興味があると店員さんに伝えていました。その店員さんが私の言葉遣いとアクセントを耳にして、いやな笑い方をしたのを私は見逃しませんでした。肌の色と名前のつぎは言葉か、とげんなりする思いでした。人がみな平等だとするならば、言語も平等であるべきではないでしょうか。係の人を呼ぶために店員の彼女が席をはずしているあいだに、娘は天国で平等に扱ってもらっているだろうか、彼女は最初の言葉も定まらないうちに逝かせてしまったと胸がつまりそうになりました。娘を庇ってやろうにも、私はここにいて生きるという義務、人生の巧妙な塗り絵を完成させなければならないからです。

新しい職場にはナキチがいました。英語のクラスではいつもおどおどして、罰を受けて立たされている子供みたいに天気予報ばかり読まされていたはずですが、職場では堂々たるチーフです。彼女にナイフの持ち方から肉魚の捌き方、商品の詰め方並べ方まですべて教わりました。休み時間になると英語の宿題を持ってきて、わからないところを教えて欲しいといいます。辞書で調べることを勧めたのですが、彼女の母語は部族語で、アラビア語も習ったことがあるそうですが、国のごたごたでまんぞくに通えず、ほぼ文盲だといえるかもしれません（つまり、母語の辞書があっても読めないかもしれない、ということです、そのうちロスリンが英英辞書を手引きするかと思いますが）。トラッキーとの違いは、彼女には二番目の言葉があるという強みです。英語がこれほど今日も世界のどこかで、小さく弱い言語のどれかが消滅しています。

までに権力をもった現状において、この巨大な言葉の怪物のまえに、国力も経済力も持たない言語はひれ伏します。しかしながら、二番目の言葉として習得される言語は必ず母語をひきずります。私たちが自分の母語を最も信頼するのは、その文化や思想をあるがままに表すことができるからです。第一言語への絶対の信頼なしに、二番目の言葉を養うことはできません。そうして積み上げられた第二言語（私たちESLの学生にとっては英語）に、新しい表現や価値観が生まれてもよいのではないでしょうか。どんなにみっともなく映っても、あのような嫌な笑い方の報いを受けるべきではありません。ナキチのような祖国を奪われた人にとっては、セカンド・ランゲージはセカンド・チャンスなのです。それに賭けようとする彼女のひたむきさを見ていると、純粋な言葉の力の可能性を願わずにはいられません。

先生、いま、ほんとうにひとりきりです。しばらくは私が家で首を吊っているのではないかと恐れて、夫は仕事が終わると家に飛んで帰ってきていました。でも、彼がいても私はやっぱりひとり。彼には生涯をかけて取り組む仕事があります。娘が死んでも、仕事に没頭することができ、それで給料をもらい家族を養っているのです。私には三つのPどころか、もう、なにもありません。今回のボストン行きも私は普段通りに彼を送り出したつもりですが、内心は彼に対する恨みでいっぱいでした。彼さえいなければ、私がここに来ることはなかった。彼のそばでしか生きていけないとわかっているのに、憎いです。

S

「お母様にお国のことを子供たちにお話ししていただけたら、と思いまして」

下の息子の担任の教師に声をかけられたのは、息子を学校に迎えに行ったときだった。終業のベルが鳴ると同時に飛び出してくる子供たちのあとから、若い教師は背筋をまっすぐ伸ばしてサリマのまえに立った。息子たちが父親の都会へ引き揚げる（仲間内では都会に出て行くことを「引き揚げる」と表現した）ことになり、事実上の離婚も認められて、サリマは家族と呼んできた人たちすべてから遠ざかることになった。事情を知らない職場の仲間たちのなかには、なぜ息子たちと一緒に都会へいかないのかと不思議そうな顔をするものもいれば、二年あまりの空白は埋めることができないと訳知り顔に頭を振ってみせるものもいたし、サリマの給与額を知っているもののなかには彼女がここに残ってとうぜんだといやな含み笑いであしらうものもいた。何を言われても耳にしても、サリマは動揺しなかった。いや、動揺しなかったといえば嘘になる、母親らしくない、となじられたときだけぐらりときた。けれど、母親らしくないなんてなじる女はどうせ自分も母親らしくないんだから気にしない、とハリネズミに淡々と言い含められると、もうそれ以降はちっぽけな中傷にしか思えなかった。そんな最中にあって、サリマは、目前の学校教師の若さと気品と純粋さに救われたような気分になった。

息子さんがもうすぐ転校する前に、お話をきかせていただけませんか。いま「多文化のわが国」というテーマで勉強しているものですから、サリマさんからだったら資料から学べないアフリカが伺えるのではないかと期待しております。子供たちはサリマさんのお話をもとに、プロジェクト・ワークを行います。仕上がったら、ぜひ、息子さんにも送ってあげてください。

断る理由なんか見つからなかった。サリマ自身にとっても祖国なんてあるようでないような幻の存在になってしまって、故郷について息子たちには、とくに幼かった下の息子には多くを語ることはなかった。どんなに言葉を尽くしても彼らに自分たちの故郷を授けることはできないと信じて疑わなかった。しかし、このときなぜだかこれはやらなければいけない、まだ幼さが残る下の息子にはこれだけは聞かせて手放さなければならないという思いが、この若い女性の誠実な灰色の目を見つめているところみあげてきた。

あの子だってすぐにこんな若者になる。忘れもしない。あの子はどさくさのなか、汚らしい毛布の上で生まれたんだ、そう教えて何がいけないものか。

「ゲストスピーカー」として呼ばれる日まで二週間近くの時間があった。サリマは職業訓練学校の教室で、打ち明け話でもするみたいにそのことを英語教師とハリネズミに話し、自分の英語がどこまで子供たちに通用するものか不安であると伝えると、女教師はサリマにもプロジェクト・ワークを提案した。「わたしの故郷」というテーマでシナリオをつくり、写真などの視覚や聴覚に訴えるものも使って短いプレゼンテーションを行うというものだった。つまり、下準備というわけである。仕事から帰ってきてあたたかいシャワーを浴びながら、サリマは頭の中で自分の知っていることと伝えたいことをチェスのコマのように進めたり滑らせたりして作文を仕上げようとするのだが、なかなかうまくいかなかった。ハリネズミに相談すると彼女はサリマを町の図書館に連れて行き、オーディオ・ビジュアル・ルームの一角にあるコンピューターでサリマの祖国について調べ始めた。あなたの国ってこんなところなの、とハリネズミは驚愕のため息をつきながら青く光るディスプレイを凝視していた。そして、彼女の脇から食い入るように画面を見つめ始めたサリマのために、傍らのクラスメイトはプリンターのスロットに小銭をあるだけ落とすと、手当たり次第にプリントアウトしていった。サリマが料金を払おうとすると彼女は首を横に振って無言で微笑み返した。そしてホチキスでセクションごとにパチンパチンと区別し、さらに蛍光ペンでサリマが欲しがっている箇所を囲み始める。丁寧でそつなく、なによりもサリマのためを思ってここまでつきあってくれていることがありがたかった。細い指先が白いコピー用紙を繰ってはそのあいだに見え隠れする、ハチドリみたいにすばやい、いかにも器用そうな十本の指をサリマはある種の感動とともにしばし見つめた。そして、こういう作業が好きで厭わないハリネズミを、サリマはなんとか大学へ戻してやりたかった。子供が死んだのを自分のせいにしてすっかり自信を、自分自身をなくしたハリネズミ。この自分のために時間と労力を惜しまずさしだしてくれる、この大切な友人にこんどはサリマが力になりたかった。

夕食後、キッチンテーブルの上に息子たちが宿題を広げるその横でサリマはこの資料と戦った。けれども、哀しいことに、そこに書いてあることは、サリマがかつて知っていた生活ではなく、単なる知識でしかなかった。息子たちが寝静まってすべて読み終えたあとには、さらに霧深い幻の国に思えた。サリマは次の晩、短い作文を書いた。それは教師の添削だらけになって紙の上で窮屈そうにしていたが、ボールペンの添削にしたがって何回も真新しい紙に書き直した。それをハリネズミがタイプアップしてくれた。手書き文字が印刷されるとすべてが引き締まってポーズをとっていた。まだ何かが足りない気がした。そして、最後の余白に、少女のころから日々一緒だった地平線を浮き沈みする太陽を、息子のクレヨンで描いた。翌朝、ロッカー・ルームで、それをまっさきにハリネズミに見せた。黙ってページをめくったあと、彼女はとびきりいいのができた、と笑顔になった。そして最後に付け加えられた太陽と砂地の絵をもう一度開き、しばらくそれに見入った。私の国でもこんな太陽が出てた、朝夕、こんなのが。同じ太陽のはずなのに、自分が見たのだけは特別だって、私は信じてた。

Xデーを翌日に控え、サリマの作文に赤毛の英語教師とたったひとりのクラスメイトが教室の一角に額を寄せている。教師は作文をみせながらプレゼンテーションをさせるつもりでいたのだったが、それは不必要だった。それは、ほんとうに朴訥で、幼児並みの言葉数を連ねただけなのだが、それゆえページをめくるたび訴えるものがあった。それまで英語を教えてきてありとあらゆる国籍と言語をバックグラウンドにする生徒たちに出会ったが、自分の祖国を懐かしがったり美化したりする移民たちが多いなか、サリマにはそれがまったくなかった。「私の故郷」というテーマにもかかわらず、サリマには故郷とか国の意識がなかった。ただ彼女に起こったことだけを、サリマは書いた。「弟たちを外であそばせて自分もいっしょにあそび」「かけっこも、うたもうたった」。そこにうれしい、かなしい、さびしい、たのしい、といった心の動きを表す言葉は一語たりともなかった。いったい少女は何を考えていたのだろう。親の手伝いをして兄弟と遊び、学校へ通う。文化や宗教の違いこそあれ、人の暮らしは似たり寄ったりだということにいまさらながら気づかされた教師は、長年の馴れ合いで脳裏にこびりついてしまった垢をはがされたような気持ちになった。話の締めくくりは、これがまた飾り気がまったくなくいきなり終わるのだが、ぶつりぶつりと、それこそ大きな肉の塊を並べ立てたようなごつごつした文章なのに、響くものがある。こうなると「私の故郷」というタイトルがしっくりしない。

教師は先端の太いフェルトペンでタイトル「私の故郷」を二重線で塗りつぶした。サリマは何が気に入らなかったのだろうと身のすくむ思いでペン先を見つめ、そして女教師に視線を移した。まばたきを幾度かして、彼女は一気に書き添えた。

「サリマ」の完成である。

中庭でひといきついていると、植え込みのあいだを右から左に移動する監督の姿が目に入った。そばに人がいるし、声をかけようかどうか迷っていると女教師がいきなり彼に向かって大声で叫んだ。植え込みから上半身だけを見せた状態で、監督はきょろきょろとあたりを見渡した。このあいだもそうだった、とサリマは頬を緩めた。まるで、家人に見つかったコソ泥みたいにおどおどしているその様。職場で見る冷たい人物像はあたたかい昼下がりの光に溶けていた。男は三人を認めると恥ずかしそうに近づいてきた。ハリネズミでさえ、別人をみるような目で監督を見ていた。白衣とゴム長をつけていなかったら、彼だと気づきさえしないほどなのに、グレーのパーカーにブルー・ジーンズ、足下はスニーカーだったから、彼女が目を丸くするのも無理はない。

「どうなの、うまくいきそうなの？」

女教師に真剣な表情で詰め寄られて、彼は少年のようにたじろいだ。冬の終わりのかよわい日射しのなか、男と同じ長さの影が芝生に伸びていた。サリマは自分の影を見つけると、おまえもそっちとおしゃべりしておいでと、心で話しかけた。女教師は跳ねるように自分の生徒たちに視線をもどすと、

「私のイトコなの」

「おまえの生徒さんだったのか」

女教師がこんどは三人をかわるがわる見つめた。知り合いだったの、という彼女の問いにサリマもハリネズミもクスリと笑って答えた。私たちの上司ですとハリネズミが言った。知り合いだったことがおかしくて笑っているのではなく、監督がまるで違って見えるから愉快なのだろうとサリマは察した。

「この人、じつはね」

女教師が開きかけたその口元に監督は急いで手で蓋をした。

「あ、秘密」

ハリネズミもいつになく大胆だった。秘密。そうだ、いったい監督はここに何しに来ているのだろう。何人か知っている人がいるほうが、失敗できなくって緊張感出ていいのよ、と監督のイトコは男の手を払いのけ強引に続けた。

「運転免許とりにきてるのよ。ほら、修理工のクラスがあるでしょ、大きいガレージのある。あそこで教習もやってるの」

自動車修理工養成科は中庭の一角にあった。そこにやたら派手な車が数台いつも停まっている。そして作業着姿のティーンエイジャーたちがいつもその車を囲んで群れていた。

監督が真っ赤になった。もう口もきけないで棒立ちになっている。この歳まで車に乗ることを思いつかなかったっていうのが尋常じゃないというのが監督のイトコの言い分だったが、監督本人は今まで必要がなかったからと無愛想にひとことですませてしまった。サリマはまた職場にいるときと同じ表情にもどったことが残念で、彼を和らげるために何か言い添えたかったが、監督は立ち去った。

「あの子ねえ」

女教師はため息まじりに話す。おまえ、あの子、と呼び合うふたりの関係にサリマは軽いショックを受ける。

「十六でハイスクールをやめて勤め始めたもんだから、自活するのは早かったんだけれど異端児だったもんで、人を寄せ付けないところがあるのよ」

イタンジ、というところがサリマには理解できなかった。ハリネズミはこのイタンジの意味がわかっているのだろうかと思ってサリマはクラスメイトを横目で見やる。

職場の目と鼻の先に住んでバスで買い物や用事を済ませればそれですべて事足りると

はいえ、この国の常識なの、十八の誕生日に車の免許を取りに行くっていうのは。今年三十になったらしいけれど、あの年齢までにやっておくことが、それこそ免許とかガールフレンドとか旅行とか転職とか、私たちからみればあたりまえのことばっかりなんだけれど、まるで皆無って感じなのよね。親が小さいころ離婚して、母親に引き取られたんだけれど、その母親が早くに亡くなって自立するのに精一杯で、そのあたりのことをやり忘れたって感じで。でも、根はいい子だとつけ加えて、「怖がってばっかりいるの。ここは世界で一番いいところだ、ここで生まれてここで死ぬ、そううわごとみたいに言っている人たちのなかで、あの子はカチンコチンになって暮らしてる。冷凍の十六歳」

イタンジの意味をサリマはハリネズミに聞くことはしなかった。いつもだったら、その場で訊ねていたかもしれないのに、そうすることはひどく憚られた。理由もなく、イタンジ、その言葉に誰も彼もが敏感だったような気がしたから。この場にいた人間だけじゃなくて、息子たち、職場の同僚たち、時々訪ねてくる役所がらみの人、下手したら町じゅうが。イタンジという言葉は監督を侵食して十六のときから蝕んでいる、その考えはサリマをひどく興奮させた。あなたは違う、と言ってそれ以上続けなかった監督の押し殺してなおも響いた声。

サリマは自分がハリネズミにあんたがここにいるのは間違っていると呪文のようにささやくとき、彼みたいな形相をしているのだろうかとふと思った。サリマはハリネズミを肉や魚のなかに押し込めたくなかった。監督が職場のあのガラス張りの一室に自分を押し込めているように。光を反射して、なにもよせつけない、その静まりにすべてを凝縮させて。能力も努力も人一倍なのに、周囲の偏見やちょっとした躓きで人目に付かない風通しの悪い場所を選ばなければならないだなんて、人ごとながら、サリマは我慢ができそうにない。監督のことを仲間たちは冷たい人という表現で納めていたけれども、たびたび言葉を交わすなかで、彼の表面の低温さはサリマから見るとその反対の、暴れ出しそうな感情をてなずけるための手段に見えるときがあった。現に、ハリネズミにしたって言葉、顔立ち、しぐさ、その他もろもろどれをとっても、あんなにすべてが平らというか、抑揚がないという印象を受けるにもかかわらず、ことによると自分をもてあましているのではないか。自分が見た太陽だけは特別だ、そう信じていたのだから。

違う、と何度ひとりで発音してみたことだろう。そしてサリマはいまこのときも教師とクラスメイトに気づかれないように口を動かし、自分の影がそうつぶやくのを見つめた。「違う」。パーフェクトな発音がそうさせたのか、サリマとこの単語のあいだに横たわっていた大きなギャップがなんらかの作用で埋められたのかはわからないが、この明るい午後に自分の口からこぼれおちたひとことには魔力があり、ぴったりと彼女の意識に寄り添った。この小さな羊の群れでは、群れを外れたり、道を逸れたり、人が行かない道を選んだりすることは、許しがたく受け入れられないことだということは十分わかっている。イタンジとは群れの仲間はずれのことを指すのだろうか。しかし自分は、この群れの生まれ育ちでもない。サリマは声に出してしっかりとそれを否定する。「違う」。

サリマはひとりごちた。ここで生まれてここで死ぬ、それは彼らの誇りだろうか。それとも自嘲だろうか。それら憤怒と嘲笑と羨望が混じり合った感情を彼らが抱えているとして、そのはけ口を見つけたとたんに、不埒な心の動きに翻弄されるまま、不当な扱いをもって軽蔑することで自分たちのなわばりを格上げするとしたら。そしてイタンジがまさにそのはけ口だとしたら、監督が勇者を旅立たせるように言った「違う」という言葉は、こうした理解したくもなければされたくもない感情に支配されて暴走する人間と闘う運命にある、イタンジとはまったく違う別の存在のことをいうのかもしれない。それでなければ、あんなふうに彼女を見つめたりしない。「あなたは違う、だからいい」と監督は言ったのだ。

人は土から生まれた、だから私たちは土のような色。幼いサリマに母親がそんなことを言ったのをふいに彼女は思い出す。つぎつぎに思い出がよみがえる。青空の下、一本の大きな木を教室の屋根がわりにサリマは文字を教わった。砂に自分の指ではじめて書いた文字。それも大人の男の足で踏み荒らされた。住んでいた土地も家族も友人も奪われた。それからは、明日も生きて、おひさまに会えることだけを願ってきた。

こんなあたしを罵るなら罵るがいい、去る者は立ち去ればいい、だけどあたしの生まれ持ってきたものは誰も奪えない、そして掴んだものを奪うことは二度と許さない――。サリマは自分の目の周り、額、頬、耳そして顔全体が火のように熱くなるのを感じた。体じゅうの血が湯水のように駆け巡っている音が耳元に迫ってきた。突如として猛烈な感情が彼女の中で立ち上がった。サリマはそばのハリネズミをちらりと見て、あんたのことだからそのかしこい頭の中でいろいろ考えてるにちがいない、言いたいこともいっぱいあるんだろ、と無言で語りかけた。つぎに、小さなかけらのように視界の隅に消えていく監督の背中を目で追った。イタンジと呼ばれて逃げ出すには若すぎる、やってみたいことがいっぱいあるくせに。職場の仲間、元夫、息子たち。みんな、××で○○を手に入れればそれでいいのだろうか。あたりまえをあんなに欲しがっていたのに、ちっとも幸せそうにみえないじゃないか。自分がもともと持っていたものをあきらめて、ごまかして、黙り込んで。

イタンジ、なんて言いがかりをあたしは認めない。あたしは違う、あたしだけはあきらめない、ほかのだれかがあきらめてもあたしだけはあきらめない、あんたたちがあきらめてしまっても、あたしだけはあきらめない。あたりまえのことばかりをやらされてこの土地の人間らしく矯正されても、このあたしの心までひん曲げることなんかできない。「サリマ」がどんなに月並みな少女時代を語ったものでもいい、来る日も来る日も太陽が照りつける大地を自分が生まれた場所として息子にしっかり伝えなければ。それなしに手放せない。母親のことはこの際どうでもいい、忘れられてもいい、でも自分の生まれ育ちを知らず誇りにできないで、この先、彼が何を摑めるというのか。

あの子に。

明日、サリマは紐で綴じた、小さな綴り方にいままでの自分を閉じ込めて息子に贈る。二年ものあいだ生きる手段として習った外国語、今や彼の母語となったこの言葉を聞き、話し、読み、そして綴るのにどれほど忍耐と努力を求められたことか。あたしはこの言葉で彼に与え、彼のために闘う。そして数日後には、この子たちのためと唱え続けて頑張った自分を死なせて次の日を生きる。それだけは唯一どこへいっても変わらない、おひさまを見るために。その生まれかわりが痛みを伴うものかどうか、何もわからず恐怖で震え出しそうだ。そんな自分をやり過ごして、背後の影に語りかける。氷のイタンジを溶かす火のようなオレンジ色を必ず手に入れよう、と。

下の息子のクラスは校舎に入ってすぐのところにある。教室の壁にはカラフルな工作や絵が所狭しと貼り付けてあり、天井からも紙細工の魚がゆらゆらとぶらさがっていた。教室に入ると一種独特な匂いがするのに気づく。何の匂いか見当がつかないが、上の息子の教室もこれに似た匂いがある。紙、ホワイトボード、筆記用具やのりといった文具に混じってうすい膜のようにこの四角い空間を満たしている存在、つまり子供たちの匂いだった。隅には教師の大きな机があった。サリマが現れると、若い教師は立ち上がって出迎えた。ありがとうございます、今日は。サリマが自作の作文を見せて、こんな形でしか手伝えないと申し出ると、教師はページをゆっくりと繰ってじっと見入った。そしてしばらく考えたあと、図書室でのお話会にしましょうか、と提案してきたのだった。教師はプロジェクターやホワイトボードなどの準備品を片付け、子供たちを図書室に移動させた。子供たちのなかには、母親には気もつかない様子で、列の一番後ろについて図書室に入っていく下の息子の姿があった。図書室は全体の壁が書棚になった、大きな建物だった。グラスウィンドーとスカイライトから自然光がおしみなくそそぐ部屋の中央には毛足の長いマットとクッション、ソファーがおかれて、子供たちは慣れたふうに床に寝そべったり何人かで固まってソファーに身を沈めたりしていた。スタンドの際にとりわけ大きな肘掛け椅子があり、サリマはそこに座らされて、スタンドを挟んだ反対側のパイプ椅子に教師が腰掛けた。生徒たちの話し声が静まるのを待って、教師はサリマがアフリカから来たこと、英語を勉強中だということを説明した。自己紹介をお願いします、と教師に請われて、サリマはおそるおそる口を開いた。

「サリマといいます。スーパーマーケットで肉や魚を切って、プラスチックのお皿に並べる仕事をしてます。みんな、肉と魚、好きですか?」

慎重に一語一語を発音し、極力言い慣れた言葉を使うように心がけながらサリマは話した。子供たちはどの顔ものめずらしいビジターの話に聞き入っていた。下の息子だけが、恥ずかしそうにうつむいているのが見えた。子供たちはめいめい、肉は牛肉がいいだの、うちには羊が二千頭いるだの、魚はフィッシュ・アンド・チップスがいちばんおいしいだのと口々にささやきあった。今夜、おうちでみなさんが食べる肉や魚は、サリマさんが切ってくれたものかもしれませんよと教師が口添えすると、子供たちは賞賛と親しみの視線を彼女に注いだ。彼らのそんな視線に勇気づけられ、サリマはスタンドにおかれた作文に目をやった。

「ここにくるまえは、アフリカにいました。そのときのお話がこれ」

ひとつ大きく息を吸ってから、サリマは作文を読み上げ始めた。

「サリマ」

私の家は砂のうえにあった。お父さんとお母さんと弟がふたりいた。

朝、おひさまがのぼるとおひさまといっしょに学校にでかけた。大きな木のしたで、砂に指で字をかいた。風で字はすぐきえた。私はまたかいた。おひさまがそらのいちばん高いところにくると、家でお母さんの手伝いをした。水をくんだり、お湯をわかしたり。それがおわると、弟たちをそとであそばせながら、いっしょに自分もあそんだ。かけっこも、うたもうたった。おどるのも、いっぱいやった。

おひさまが沈みそうになったら、弟たちをおふろにいれた。せっけんの泡が目に入ると、弟たちはぴいぴい泣いた。

もう学校にいかなくてもいいといわれてからは、はたけを手伝った。

もうすぐ食べられるよというときに、火だらけになった。火のたまが体のまえにも右にも左にも上にも下にも後ろにもふってきた。私はにげた。大きい弟のてをひいて、小さい弟をだいて走った。走った。

あとからお母さんが追いかけてきた。

お父さんは追いかけてこなかった。

おとなになって、けっこんした。
すぐに男の子がうまれていそがしくしていたら、またさわがしくなった。
だんなさんがにげた。私もにげた。赤ん坊をだいて。
きたならしい毛布のうえで、男の子がもうひとりうまれた。
この子はきっと長くは生きられないだろうとみんな言った。
だから、大きな島にきた。

砂のうえで私は育った。
お父さん、お母さん、弟たち。
はたけの作物はぴかぴかしていて、もう食べられる。
そんなゆめを見ていたと思うことにした。
オレンジ色のおひさまがいつもうかんでいる、ゆめ。

サリマが読み終えると子供たちはしずまりかえったままだった。子供たちのプロジエクト・ワークの参考としてはあまりにも個人的すぎて役立つ内容ではないというのが率直な教師の意見だった。しかし、「資料から学べないアフリカ」であることは間違いなかった。それに、子供たちは話を聞いた後口数がたいへん少なかった。本当にびっくりしたり感動したりするとき、子供というのは表現の術を失い無口になることを経験から覚えたこの年若い教師は、自分のクラスの子供が徐々に口をききはじめるのを待った。サリマの額には緊張で脂汗が浮いていた。利発そうな目つきをした子供が手を上げてサリマをまっすぐに見た。こわくなかった？

弟たちはどこへいったの？　と次の子供が尋ねた。お母さんは？　お父さんは？　つぎつぎに質問の手が上がった。サリマは自分の英語の作文が子供に通じたことにひと安心して、それからゆっくりと丁寧に質問に答えた。

「もちろんこわかった。弟たちは逃げるとちゅうで、ふたりとも天国へいった。お母さんとははぐれた。お父さんは家の火を消しにいってから、見えなくなった」

「ぼくも石けんが目に入るのはいやだなあ。とってもいたいんだよ」

一人の男の子が両目を手でこするしぐさをして笑った。子供はどこでも同じだ、あんなことさえなければ、あそこもいいところだった、とサリマは微笑み返した少年の幼さの残る顔に、弟たちの面影を見たような気がした。それを見つけたとたん、長い放浪の旅をおえてようやく自分の居場所に落ち着いたような、清水のしみ出す砂漠の中のオアシスにやっと辿り着いた心持ちがした。続けて、サリマ、こわかったねえ、とひとりの子供がサリマに友だちに話しかけるような口調で言った。サリマ、いまはこわくない？　いまはハッピーなの？　と赤いリボンをおさげの先に結んだ女の子はそう繰り返した。サリマと最後のページに描かれた夕日を交互に見つめ、絵本というものは必ずハッピー・エンディングでなければいけないと要求しているようだった。

こわかった、ここに来ても知らないことだらけでこわかった、だけど、あたしは自分の産んだ小さい男の子たちを生かしておくのに必死だった、とサリマは唇を軽くかみしめた。ここで、あたしは今日の今日までそうしてきたのだ。

「いまはこわくない、ここにきて、できなかったことができるようになった。ここもいいところ。だから、いまハッピー。ひとりでもしあわせ」

サリマはそう言いながら、自分の息子に目をやった。息子は放心したような顔をしていた。きたならしい毛布のうえで生まれたもうひとりの男の子っていうのがあんたなんだよ、とサリマは息子に向かって心のなかで話しかけた。

あそこでは長く生きられないと言われて、ここで大きくなったのがあんたなんだよ。

数日後の朝早く、田舎町の駅に電車が到着してふたりの息子たちの父親が車両から降りた。上の息子は小走りに父親に近づいた。背中の大きなリュックサックが鈍い音をたてて揺れた。下の息子の背中にも大きなリュックサックが下がっていた。春先のまだ冷たい空気が足下にまとわりついて、サリマはプラットホームにたたずみ肩をすくめた。

この朝、サリマはきちんと身づくろいした。ぴったりとしたジーンズ、セーターはアクリルの安物だったが深い青色がサリマの黒い肌によく似合っていた。足下は真新しいショートブーツ。ショーウィンドーに飾られているのを、店の前を通るたびに眺めていた。自分には上等すぎると思ったが、昨日思い切って棚から降ろしてもらい、ぴたりとした履き心地に満足した。こんなぱっとしない母親だが、最後はせめて身ぎれいな姿で息子たちの記憶に残りたかった。幼い頃、よそゆきの服を着て靴を履いたのは、教会へいく日曜日と特別の日だけだった。今日は日曜日で、特別の日。そう自分に言いきかせながら、サリマはホームでじゃれあっている息子たちから目を離すことができなかった。単線の終点についた列車は、半時間後には都会にむけて戻っていく。サリマはもういちど息子たちの荷物を確認した。ほとんどが学校の教材類だったのだが、新しく揃えた衣類や下着類、文具や書籍類をぎっしりと詰め込んでいた。こんな重いもの、おいていけ、と父親はけだるそうに言った。上の息子は父親の命令に従い、リュックサックから学用品をごっそり抜き取ると母親に手渡した。下の息子は、なぜだか唇をきつくむすんだまま、首を振るばかりだった。

「じゃ、行くぞ」

父親のかけ声にふたりの息子は弾かれたようになって、車両に乗り込んだ。サリマはその場を動かず、腕に学用品をいっぱい抱えたまま、車両の窓から息子たちの姿をのぞいた。父親がまるで動物園にでも子供たちを連れて行くような浮き足だった気分でいるのは目に見えていたし、それが長く続かないこともサリマにはわかりすぎるくらいわかっていた。

さようなら、子供たち。

手放すといっても弟たちのように死なせるのではない、どこへ手放すのかも、そこが安全な場所であるということも承知しているのに、サリマは胸をはげしく痛めた。

けれども、それをついぞみせることなく、さよなら、元気でと何度もつぶやくばかりだった。

発車のサイレンが鳴り響いた。コンパートメントの奥から上の息子が手を振るのが見えた。サリマは下の息子を目で探した。すると、あわてたように父親がコンパートメントから飛び出してきた。列車は朝日を浴びてゆっくりと動き始めていた。父親が彼女に向かってなにか叫んでいた。きしむ車輪の音にかき消されてサリマにはそれが何事か理解できなかった。サリマは速度をあげて走り始めた列車を小走りに追った。潮を吸った風が彼女の頬を冷たく打った。

サリマはすぐには振り返らなかった。小さくなっていく列車を見送りながら、まさか、と打たれたようになって後ろをゆっくり向くと、そこにはリュックサックを背負ったまま、ホームの際ではにかんだように笑っている男の子が立っていた。汚らしい毛布の上で生まれて長く生きられないと人に言われた男の子、そしてこの男の子をサリマは改めて、この朝この土地で息子として授かったのだった。

ジョーンズ先生

お元気ですか。いかがお過ごしでしょうか。こちらではそちらに比べて遅い春が訪れ、フラットの駐車場にミモザの木が黄色い花をつけました。階下の理容師が日曜日の朝に教会から帰ってきて、冬のあいだ植え込みにたまった落ち葉や枯葉を袋一杯拾っていたので、フラットの住人総出（ドラマーは不在）で手伝いました。きれいになった植え込みに腰掛けて、みんなでビールを飲みました。トラッキーのおごりでした。今日は春の陽気で、仕事から帰ってきて建物の裏にある共同物干しで洗濯物を干そうとしたら、すでに五本あるロープすべてに洗濯物が干されていました。さては、あのインド人だなと思っていると本人が現れました。彼女は週に一度は物干し場を占領して何枚ものカーテンを干すので、うちの洗濯物が干せなくなります。そんなわけで、彼女のことを少々鬱陶しく思っていたので、赤ちゃんのことは気の毒だった、と目をしょぼしょぼさせて言われたときは気が抜けました。どうしてカーテンを毎週洗濯するのかと尋ねてみると、これはカーテンじゃない、サリーだと言われました。そうです、民族衣装のサリーです。そういえば、彼女が洋服をきたところを見たことがありません。いつもサリーを着ていて、足下はサンダル履きです。寒いときにはサリーのうえにカーディガンなんかを羽織っていることもあります。それにしても、サリーがボタンもファスナーもないあんな大きな一枚布とは知りませんでした。インドでは女性はみなサリーを着ているのかと尋ねると、私はスリランカ人だと言われました。恥ずかしくて顔から火が出そうでした。ここに来て二年近くたつのに、彼女のことはずっとインド人だと思っていたので。思い込みって恐ろしいですね。昼ご飯は食べたか、と聞かれてまだだと答えると、彼女は自分もこれからだから一緒に、といって彼女の部屋で魚のカレーをごちそうになりました。先生、私は生まれてこの方、あんなに辛いカレーは食べたことがありません。赤ちゃんのことは、ほんとうに気の毒だった、と彼女は、メーラは繰り返しました。いいえ、よくあることらしいですから、と返すと、いいや、あんなことよくあってたまるものか、あれほど辛いことはない、あれは終わりのない悪夢だと言い切りました。それ以上おたがいに詮索しませんでしたが、カレーがあまりにも辛すぎたせいか、ふたりとも涙と鼻水だらけになりました。医学生の息子の世話をするために観光ビザで入国したが、それが切れてしまっている、どうすればいいのかわからないと相当聞き取りにくい英語で話していましたが、メーラのようなケースを先生はご存じですか？　なにか、解決策があればいいのですが。

スーパーマーケットの仕事は朝早くて、その時間にはバスがないので夫が送ってくれます。夫は私がこの仕事をすることにはじめは反対でしたが、経済的なことを考えるとそうもいっておられず、いまではフルタイムで働いています。仕事の内容自体は簡単ですが、重労働です。朝の三時に始業。昼過ぎに帰宅して家事をし、夫と夕食を食べ終えたあとはもう眠くてしかたありません。いろいろなことを考える前に、鉛のような眠りがやってくるのがありがたいです。

移民法が今年もまた改正になって、いまの夫の年齢は申請資格の上限ぎりぎりになりました。一刻の猶予もありません。それで、弁護士に相談することにしましたが、その相談料というのが三十分ごと百ドル単位のお金が必要です。そんなわけで私が働きに出る方がドラムの音からも解放されるし、経済的にも精神的にもそして肉体的にも、現実的です。それに、職場ではナキチがいまでは一番の友達になって、あれこれ冗談をいいあったりしてます。彼女に連れられて、ロスリンのクラスに復帰しました。ロスリンに未完成の論文（「印象派とオリエンタリズム」なんて使い古されたテーマを選んだのはこの私だけでした。ニールはこのテーマにおいて自分たち西洋人は主観的すぎる、私にはきっと違う考えがあるはずだと最後まで完成させるようにとしつこかったのです）を見てもらっています。この期に及んで、こんなことをしている自分が腹立たしくなってきます。娘がいなくなって、私にはなにも残っていないと信じていたのに、先生のおっしゃるとおり書くことが残っていました。論文といういずれ干物になる運命のものであることだし、何世紀か前の乾いた材料を使うので気が楽で、しかも英語だと主語と述語の距離が近いこともあって大胆になれます。この作業をしているときだけ、娘のことを考えておらず、思考と肉体が一致していると感じられるのです。しかし、私は本当にこの言葉で思考できているのでしょうか。先走った判断が、私を大胆にさせているだけではないでしょうか。夫のことを娘が死んでも研究に没頭していられる冷酷な人だと軽蔑していましたが、いまになってわかりました。彼は研究という悪魔の奴隷で、何が起きようがそれから逃れることはできない可哀想な人なのです。心ではなくした娘のことをすすり泣きながら、ウォーフやらサピアやらにそれらの感情は拉致されて、実生活には役立たない学問の囚われ人になることをみずから望んだのです。そんな彼を見ていて、私は書くという悪魔に魂を売り、私を苛むもろもろの感情を説き伏せ、この悪魔に死ぬまで仕えるために自分の肉体を生かしておくことに決めました。

トラッキーとの階段の上のお話の時間は継続中です。相変わらず涙もろい人で、つい数日前も〝Charlotte's Web〟にある、品評会で子供たちが自分たちだけで屋台やメリーゴーラウンドに向かう後ろ姿を見た母親が鼻をかむ、という場面でトラッキーは自分も鼻をかみました。おれは自分の子供が去って行く後ろ姿は二度と見たくないんだ、と彼は話してくれました。なんでも元妻が家を出て行くとき、手を引かれていた幼い息子さんの背中が小さすぎるのが哀しかったとか。死に別れもつらいけれど、生き別れもつらいです。それも自分の子供となると人に言えないような事情を抱えていて、そのあとの人生を茨だらけにするようです。

先生、生き別れと言えば、ナキチにもつらい別れがありました。彼女には男の子が二人いるのですが、上の子が父親のところへ去りました。下の子は母親のもとに残ったようです。二人一緒に手放すつもりだったのです。職場では心ない人が彼女の陰口をいろいろたたいていました。子供を手放すなんて母親らしくない、あの人の給料はあたしたちのなかでは一番高いんだよ、子供よりもお金を選んだんだ、とかなんとか。

ナキチが心を鋼鉄のようにして決めたことでしょうから、深い事情があるに違いないと思って私はそこのところは何も聞いていませんし、知りたくありません。きっと、本人もメーラのように絶対の事実には触れられたくないけれど共感と慰めだけは求めているのだろうと察するからです。息子さんたちを送り出す前に、ナキチは作文を書きました。自分の故郷についてのもので、下の息子さんの学校のクラスのプロジェクトの一環でアフリカのことを紹介するために彼女が呼ばれたのです。正直に言わせてもらえば、完成品そのものは、おそろしく稚拙でした。でも、先生、私はあれほど読む人に迫る強烈な文章を読んだことがありません。技術に頼らず、こんなに大きな声が出せるのかと目が覚める思いでした。なんだか、胸がざわめき、いても立ってもいられない気分にさせるのです。この人はひょっとしたらすごい人かもしれないと痺れたようになって、思わず彼女の顔を振り返ったのですがそこにあったのは見慣れた友人の顔でした。いずれにせよ“The Spiders”や“Francesca”なんて、彼女のあの作文の足下にも及びません。

とにかく、ナキチはひとりの息子さんを手放し、手元に残ったもうひとりの子をひとりで育てることになりました。最近では母親が残業を終えるのを裏口でがまんづよく待っている彼を見かけることがあります。以前にはなかったことです。

先生。まわりの人たちは、「あなたは若いからまたすぐ子供に恵まれる」と慰めてくれているつもりなのでしょうが、私はあの子がたったいまも生きていて欲しいのです。朝起きて、灰の壺を見るたび、光溢れた新しい一日が目の前に広がっていようとも、娘がいないこの世界では、光とは灰と同じ重苦しい白でしかありません。印象派は戸外での昼食やダンス、カフェや田園の風景など、光によって変化する自然の色を奏でるようにして人生の楽しく陽気な場面を好んで描きます。彼らにとって光とは生きる喜び、楽しみの色彩なのです。しかし今の私は、その光のなかに、その先に追いやられた憂鬱やその下に広がる陰影を見つけて、愕然とするのです。先生、私はいままで、一体なにを見てきたというのでしょうか。私には、まるでなにも見えていなかったのです。

先生。私はなにもわかっていなかった。だから、怖がらずにおとぎ話ばかりを書くことができました。でも今、一握りの灰の中に、あの子の生死が、あの子に注いだ愛が、あの子を失った哀しみが見えます。
だから、もう二度と、おとぎ話は書きません。

S

始業時間にハリネズミが遅れていた。五分の遅刻にも連絡をよこす彼女の律儀さをよく知っているサリマは、にわかに落ち着かなくなった。いつもと同じ工程で流れ出した作業場に立ったとき、蒼白い顔をした彼女が背後に現れた。サリマがどうしたんだと尋ねると、ゴムの手袋をはめながらハリネズミは妊娠したときとれないくらいの声でつぶやいた。いつもの作業が繰り返された。彼女は黙ってうつむいたまま、丁寧に肉を捌き、皿にのせて重さを量り、その上から透明のラップをかけていた。あんた、こんなこともうできないよ、とサリマがなだめるように声を掛けるとハリネズミはいつもこうなんだから、とマスクの下でモゴモゴと口を動かした。いつもいつも、こう。もう、うんざり。

その後もハリネズミは仕事を続けた。彼女の妊娠を知っているのはチーフであるサリマと監督だけだった。重いパレットを持ち上げるときなど、サリマは傍らでハラハラして見ていたものだけれど、ハリネズミは顔色ひとつかえないで平たい表情のまま仕事をしていた。体調の悪い日などは休憩時間を待ちかねたようにトイレに駆け込んで嘔吐することを繰り返していたから、サリマとしても気の毒でならなかったが、彼女に仕事を辞めろとは言いづらかった。せっかくここまでになったのに。けれど、サリマにはわかっていた。ここには彼女の居場所などはじめからなかったのだと。ここにいることはそもそも間違っているのだと。

英語のクラスにはまた新しく若い生徒たちが増えて、赤毛の教師はそのなかでも超初級の二、三人をえらび、天気予報を一斉に読み上げることをやっていた。あんな時期もあったなとサリマは彼らのまだるっこい発音を耳にしながら、自分は英作文に取りかかっていた。赤毛の教師が今度はサリマに文字を綴ることを繰り返しやらせていた。下の息子のために書いて以来、自分の頭の中にあることを文章にするのは、それが非常にやっかいで時間のかかることであっても、彼女の思いを充たす最善の方法になった。言葉を慎重に選び、置き換え、置き換えては取り消し、いちばんぴったりとくる言葉を探し当てたときは、深い満足感があふれた。ハリネズミは教室の片隅で、サリマにはまるでわけのわからない分厚い本を読んでいたかと思えば、教師と議論にもつれ込むこともあった。そんなことをやっているとき、ハリネズミの死んだ魚のような目はぎらぎらと光がみなぎり、腹を空かせた獣のごとくしぐさも表情も貪欲に変化した。そんな彼女を相手にしながらやっぱり大学で勉強させるべきだと教師の目がサリマに訴えたとき、明日こそ仕事を辞めるように彼女を説得しようと決めた。

ところが、次の日、彼女が産休をとると監督が朝のミーティングで発表したのだった。これには本人も寝耳に水だった様子で、ショックと驚きと恥ずかしさで、他の女たちのあいだでちいさく縮こまるようにしていた。この無口で感情というものをほとんど出さない同僚の妊娠を知らなかったその他大勢が、目を大きく見開いて小さなハリネズミを見下ろしていた。

「いや、そういうきまりでね」

その日の夕方、職業訓練学校の中庭で偶然にはちあわせしたサリマに監督はなんでもないふうに言った。僕としても彼女のような人材を手放すのは惜しいけど、これはつかりはしかたない。だけど、落ち着いてまたうちで働きたかったらいつでも歓迎だから。そんなことも付け加えた。とうのハリネズミはかわらずその日も教室に現れ、完成させた論文をタイプアップしていた。そして唐突に顔をあげると赤毛の教師に向かって、学校にも産休というシステムがあるのかと珍しく大きな声で質問した。

ハリネズミに比べるとサリマの日常はかわりなかった。職場と学校を往復する毎日が続き、時折父親の元へ行ってしまった上の息子に連絡することもあるが、時間が経つにつれ共通の話題も見当たらなくなって、埋めようのないその溝はますますひろがっていくように思われた。その一方、手元にいる下の息子とのあいだには母親と息子というよりも一種の仲間意識が芽生え始めていた。母さんがそれでいいなら、僕もそれでいいよ。彼はそんなふうに母親のことを一番の友達かなにかのように認めた。サリマにはそのことが嬉しかったし、なにをするにしても息子の存在が支えになった。列車を駅のプラット・ホームで見送ったあの日から、小さな少年はいつも伸び上がるようにして母親を見た。もう、教師が彼をいじめる生徒を追い払うことはなくなっていた。そして、週に一度、息子が持ち帰る学校の図書館の本のページを小さな指先がめくるたび、サリマはいいようのない誇りと歓びで充たされた。この子にはいい教育をつけてやろう、はじめから学校に通わせて大人にするんだとサリマは誓った。

頼りになる仕事仲間でもあり、一番の友達でもあったハリネズミが職場にも学校にも現れなくなると、サリマはまるで濁った水に差した花瓶の花のように心を萎れさせた。いままで友達と呼び合う仲間はたくさんいたけれど、友達だと信じ合えるはじめての仲間が彼女だったのかと、それまで活気のあった毎日が彼女なしには空虚に映ってきてみて、妙に納得した。そして、ふたたび自分の背後にいる影に語りかける毎日が続いた。そうでもしないと、いままで積み上げてきたものが自分で認められなくなり、「××で○○を手に入れる」という決まりに身をゆだねてしまいそうだった。自分のこれからをそんな決まりにあてはめて、支配されるなんてまっぴらだ。とはいえ、すこし油断するとわからない。サリマの周りはすべて不透明な確かさと、澄み切った不確かさで取り囲まれていた。サリマは怖かった。あんただけは、どんなことがあっても私から離れない。祈るような気持ちでサリマは自分の影を探し見つけ出し、それをしっかり抱きしめた。

自分の名を呼ばれるのはそうめったにあることじゃない。

スーパーマーケットの果物売り場で息子にカートをひかせ、バナナの一房をそこへいれようとしているときに背後から声をかけられた。しかしサリマにはその声はずいぶん馴染みのある声だったから、振り返らなくてもすぐに誰かわかった。息子は好奇心むき出しの視線で、声の主の方へ振り返った。ひさしぶりね、どうしていたの。以前よりもさらに太った大きな体を揺すり、サリマたちのほうへ向かって来たのは英語のクラスで一緒だったオリーブだった。めっきり髪が白くなって、その側に立っている似通った歳の男性が愛想よく笑った。オリーブは両手を大きく広げ、サリマをしっかりと抱くと傍らの息子を真心あふれる優しいまなざしで包み込むように見、母親にしたようにしっかりと彼を抱き、その頬を撫でた。息子は見知らぬ人にそんなふうに肌に触れられたことがなかったので、びっくりして少し身を引いたが、うつむいた顔が嬉しそうに笑った。

正直なところサリマは、この初老のイタリア人だかギリシャ人だかが苦手だった。いつも悠然と構えていて、自分よりも二十も三十も年下の同性の人生の現在地をすべて知り尽くしているような顔つきも気にくわなかった。さらに、ここでの就労経験もない、あの年齢になっても現地人の夫に頼りきりのくせに、主張の声が大きいところも耳障りだった。それなのにあの教室以外で会ったからだろうか、奇妙にこのときはこの婦人に親近感を覚えた。それに以前ほどの迫力がなくなったというか、年季の入った母親らしいものごしはかわらなかったが、立ち居振る舞いが以前に比べて鈍っていて、なんとなく弱々しかった。寄る年波というのはこういうことなのかとサリマは思った。そんなサリマの思惑などまるで気に掛けないで、オリーブは側にいる男性を夫だと紹介した。妻をいたわり、彼女の肩にかけた大きく厚みのある手は、長年の苦役と汗を刷り込んだ労働者独特のものだった。同じような表面をしたオリーブの手がその上にそっと重ねられた。それを見てしまった瞬間、サリマはこの初老の婦人がいままで、彼女にとっては異国のこの小さな町でいったい何を考え、何を喜び、何をよりどころとして生きてきたかを、自分はまったく理解していなかったのだと悟った。傍らの夫は見かけは典型的な地元の人間といえばそうだが、こんなふうに彼らの視界にはまったく不慣れな外見をした自分を目の前にして、他の人々のようなゆがんだ作り笑いではなく、滲み出るような慈愛をそこに湛えていた。異邦人の妻を守り続けてきたその表情にサリマはなにか打たれるものがあった。

すこしの挨拶程度の会話のつもりだったのに、オリーブはサリマを懐かしがって、あれこれ彼女の近況を聞き出したり、自分のことも話し出したりするので、バナナが高く積まれた黄色いラックを横に、サリマたちは長い立ち話をした。息子はカートの中にほかの果物をいれたりしながら、我慢強く母親を待った。相手の夫は始終笑顔で女たちのおしゃべりに耳を傾け、相づちを打った。オリーブにハリネズミが赤ん坊を喪ったこと、サリマとおなじスーパーマーケットで働いていたこと、そしてまた赤ん坊を産むことを話してきかせたとたんに、オリーブは黙り込んでしまった。

「あの子ったら」

そうひとこと漏らしただけでオリーブの目に涙が盛り上がり、ひとりでつらかっただろうに、と言って口をつぐむとあとが続かなかった。オリーブがハリネズミを襲った不幸を自分のことのように悲しみ、彼女を自分の娘のように大事に思っていることが、砂粒を混ぜたような彼女の沈黙にひしひしと伝わってきた。さきほどまで黙って女たちの会話をきいていた彼女の夫がその沈黙を破るように口を開いた。そういえば彼女がおまえさんの留守中にいちど訪ねてきたことがあった、アジサイの花を一緒に見られなくて残念がってた。それを聞いてオリーブは人目も憚らずぽろぽろ涙をこぼした。いつもの余裕たっぷりの雰囲気は涙で一掃されて、こんなふうに静かに声を殺して泣くオリーブに子供のちいさなかすり傷ひとつにも心を痛めるような繊細でもろい一面があることを、サリマは新たに発見させられたのだった。その調子じゃあ、あんたこそ、長いあいだひとりでつらかっただろうにとサリマはささやきかけ、ごく自然にオリーブの手に自分の手をそっと重ねた。そんなことをした自分自身にもサリマは驚いていた。オリーブの夫が妻の肩をしっかり抱いて二人を穏やかな目線で見下ろすと、励ますように言った。

「友達なんだろう?」

ジョーンズ先生

先生。

イースターのホリデーには、お招き頂きありがとうございました。お会いできて本当に嬉しかった！　今年いっぱいでリタイアされるなんて、思いもよりませんでした。しかも用意周到にホリデーハウスまで準備されていたとは。フィリップ・アイランドは先生のクラスのみんなと一泊旅行をして以来です。ジョエル君はけっきょくこちらで進学しないで、英国に留学されたとか。夫が懐かしがっていました。彼は数年、英国に滞在したことがあるので。三日も泊めて頂き、ほんとうにありがとうございました。

実はあれから、夫にボストンからフェローのオファーがありました。ビザのサポートもしてもらえるし、給与もいまとは比べものになりませんでした、それに彼はボストンをとても気に入っていました。ジョエル君のいるケンブリッジに似ているらしいです。とにかく、彼は非常に乗り気だったのです。でも、私はとても行く気になれませんでした。娘と引き離されるような気がして。それで、行くならあなたひとりで行って、と言いました。私はフルタイムでスーパーマーケットで働いていて、自分を支えるだけの給料ももらっているのですから強気でした。でも、神さまというのはときどきおかしなきまぐれを起こすものです。妊娠にはイースターのホリデー明けに気がついたのですが、嬉しい反面、認めたくなかった。せっかく、仕事にも慣れたし給料もあがった矢先だったのに。すべては言い訳がましく聞こえてしまうのでしょうけれど、先に院を修了していた夫に留学の話が出たとき、わたしはまだ課程の半分を終えたところでした。IELTSを終えてこちらで勉強を続けるために願書を提出したとたんに、この町に彼の就職が決まりました。なにか始めようとすると、なにかうまくいきかけると、いつもこうです。

スーパーマーケットの仕事は先週まで続けていました。白い作業着を着ていたせいか、同僚たちは私が妊娠していることに誰ひとり気づいていなかったです。そして、偶然かどうかわかりませんけれど、オファーを断った次の日、永住権が下りたと弁護士から連絡がありました。夫はこれですべてがあるべきところに収まったと満足そうでした。健康保険が使えるようになるから、安心して子育てできる、今度は大丈夫だと彼は言います。私は子供を再び持てる喜びよりも、こうして自分のお腹を痛めた子供をまた失うかもしれないという不安と恐怖でいっぱいなのに、実際に子供を産むことのない男の人って、ほんとに能天気です。昨日、八ヶ月の健診に行きました。超音波でお腹の子は順調で女の子と判明しました。予定日が死んだ娘の誕生日にあたり、この子は彼女の生まれ変わりだと夫は涙ながらに喜んでいましたが、私は生まれ変わりだなんて信じません。神さまはこんな私たちを再び試すために、新たな娘を授けようとしているまでです。

ロスリンのクラスにだけはまだ顔を出しています。いつまで続くかはわかりませんが。バスがあいかわらず定刻に来ないので、バス停に立ちっぱなしで待たされるとすぐに足がむくんだりお腹が張ったりするのです。でも、ナキチと会えるのはこのクラスだけになったし、ロスリンの批評も気になります。このまえは彼女と議論になりました。ホリデーハウスに滞在中に先生からお借りした本、"Age of Iron"はロスリンも読んだことがあるそうです。この本には初めから居心地の悪いものを感じますが、人間の最善の部分と最悪の部分が綿密に織られてあり、途中で放り出すことができません。猛毒と解毒剤を一緒に口に含んでいる感じがします。まだ三分の一程度しか読んでいないのですが、バッグの中から覗いていた背表紙を大の読書家のロスリンに目ざとく見つけられてしまいました。差別がないところなんてない、世の中はもともと不公平にできていると私が言うと、ロスリンはそうねと教師らしくはじめは生徒に同調しておきながら、でも、それを変えていくことはできるし、たったひとりでもそのように願い行動することは可能だと訴えました。そこからしか、なにも起こらないのだと。人の意識はその人自身によってしか変えられない、国もそうだ、と。おそらく、この本の主人公の老女に彼女は似たところがあるんです。容赦しないところ、高い知性、そこに埋もれている深い思いやり。でも、清潔すぎると思いました。誓って、ロスリンに罪はありません。彼女の言っていることは知性にも経験にも裏付けられていて、正しい。それをわかっていながら、彼女が白人であることや英語のネイティブであること、つまりマジョリティーの権化のような彼女が一瞬疎ましくなって、さらにマクドナルドという苗字が気に入らなくて、私はきっと拗ねているのです。私はひがんでいるだけなのでしょうか。精神をもっと頑丈にしてまっすぐにしていられたら、と思います。でも、こんなとき、私はここも英語も嫌いだと無性に叫びたくなるのです。「ナタリー・マッケンジー」を経験したことが忘れられないせいかもしれません。

マッケンジー、マクドナルド、マクニール、マコシュ、マッキンリー、マクダナ、マッキノン、マッカーサー、言い出したらきりがないですが、この町のMcたちから受けた恩はすぐ忘れるのに、受けた辱めは決して忘れることができない、偏見に凝り固まっていじけた愚かな人間なんです、私は。それともこうやって、拗ねたりいじけることでしか、抵抗できないのでしょうか。

トラッキーはしばらくブリスベンに滞在していて、この二ヶ月間顔を見ていません。おかげでドラムの音が朝から晩まで鳴り止みません。元妻が入院しているのだそうで、そのあいだ、トラッキーが息子さんと一緒に暮らすのだと言っていました。彼は本当に損な役回りばっかりです。あの刺青の謎をちょっとだけ教えてもらいましたが、これは信じられませんよ、先生。牢屋にある聖書で刺青ってどうやって彫るんでしょう？　私の困惑の表情を楽しみながら、まったく、ありがてえ本だったな、とトラッキーは大笑いしていました。それから、パオラですが、だんな様の付き添いなしで買い物にも行けるようになったし、天気の良い日は洗濯をしてみたくなる、庭の手入れだってやれそうな気がする、実際そうすることもあるのだと話してくれました。症状にアップダウンはあるようですが、日増しによくなっているようです。イタリアに里帰りしてはみたものの、三十年も離れているとよそよそしくて敵わないらしいです。親戚も歳をとって面変わりしていて、彼らからすると考え方もふるまい方もパオラはすっかりオージー、オージーしてしまっているらしく、仲間はずれにあったみたいで寂しかったとぼやいていました。子供が生まれたら、パオラが赤ん坊を預かると言ってききません。大学に戻りなさい、週に一度でも外の空気を吸いにいってらっしゃい、私ができなかったことをあなたにはやらせてあげたいと熱心に口説かれています。夫はそんな精神的に不安定な人に赤ん坊を預けるなんてだめだと認めてくれません。事故がまた起こったらどうするんだと。今、パオラと旦那様のジョナサンは、元は娘さんのものだった部屋の壁を塗り替えています。ベビーベッドは新品を購入したらしく、パオラが天幕をミシンで縫いました。これには私も驚いて、ジョナサンに「ここまでしてもらわなくても」と難色を示したら、背後でペンキ塗りに夢中になっているパオラをちらりと見やって、きみ、パオラはどんな女に見える？　と訊かれてはたと考え込みました。個性の強い人だと思い込んでいたんですけれど、こうやって改まって問われてみると、なんて縁取りの薄いひとなんでしょう。おもわず良妻賢母の模範生みたいな人だと答えると、あれは根っから家庭的な女で母親になるために生まれてきたようなもんだ、人に頼られ、与えることで生かされている。あれから聞かされているかも知れないが、上の息子は結婚してケアンズに住んでいるが嫁に気兼ねしてなかなか会いに帰ってこない、進歩的な娘は雌牛みたいな母親の人生が耐えがたいものに映ったらしく結婚なんかまっぴらだとシドニーで職を得た、末の子はこの田舎が嫌いでたまらず、香港へ渡っていった。どうか、せっかく見つけた彼女の生きる楽しみを奪わないでやってくれ、と懇願されました。

毎朝、お腹の重みで背中が痛くて目が覚めます。もう上を向いて眠れないし、靴の紐も自分で結べません。出産のための準備が山ほどあるのに、頭の中は「印象派とオリエンタリズム」もしくは〝Francesca〟のリライトのリライトのリライトでいっぱいです。どこまでも、悪魔のいいなりです。

この手紙をご覧になる頃には、もうリタイアされていることでしょう。楽しい、第二の人生を！

S

P.S.
メーラの姿が突然見えなくなりました。息子さんは見かけるのですが。理容師のジムによると、国へ帰ったとのことです。

To : All

From : Hiroyuki and Sayuri Ito

Subject : It's a girl !

14/12/2005 6 : 30pm

It's a girl !

Dear all,

Ito (Nomura) -

Hiroyuki and Sayuri are delighted to announce the safe arrival of

Nozomi Hope Ito

Born on December 14th, 2005. 6lb 12oz.

Little sister for Yume (in heaven).

Sincere thanks to Dr. Bateman, all staff at maternity ward of AMMH and friends who were involved.

その朝も始業はミーティングから始まった。

ハリネズミがいなくなってからというもの、サリマにとっては職場での何もかもがおそろしく単調に見え始めていたので、ガラス張りの監督室を作業中に盗み見するのが唯一の息抜きでもあり、その透明な一角に監督の姿を見つけることは大きな慰めだった。監督が電話を掛けたり、書類に目を通したり、デスクから立ち上がって伸びをしたりするたび、それを目にしたサリマは秘密の宝箱の蓋を開けたような驚きと嬉しさが湧き上がり、耐えがたく感じられるほどの無味乾燥の日々を吹き飛ばしてくれた。しかし、それさえもサリマの前から消えようとしていた。

「今度、本部に配属されることになりました。みなさん、どうぞこれからもお体に気をつけて仕事に励んでください。お元気で」

簡単なあいさつのあと、彼が現場の監督職から本部の管理職に栄転するという事実にサリマはあっと小さな声をあげてしまった。彼の従姉でもある赤毛の英語教師から、監督がつい最近ハイスクールの修了資格を取ったことを耳にしていたから、彼がなにか身支度をして別の世界に踏み出そうとしている気配が感じられたけれども、まさかこんな形でサリマを落胆させることになるとは彼女自身想像していなかった。監督が急にイタンジじゃなくなって周囲の同世代と同じ普通の人に見えてきたし、サリマに芽生えた自尊心や向上心やらは監督抜きだともうどうでもいいように思えてきた。

それから数週間、サリマは日に一度、昼近くに仕事から帰ってきてまっさきにシャワーで泣いた。勤めだした頃はお湯の中でも自分の涙のあたたかみがはっきりとわかったのに、もはやなにも感じられなかった。タンクに残ったお湯がすっかりなくなって、冷たい真水に変わるまでサリマはシャワーのグラス・キユービクルの真ん中に突っ立って、声を立てずに泣いた。そんなあるとき、排水溝に流れ込む水のなかに赤い血液をみつけてそれにひどく腹を立てた。女だった、まだ子供を産むことの出来る女だったのだ、なんてやっかいなんだろう。

小さな息子が学校の宿題を食卓に広げるときだけ、サリマに希望が降りた。息子が図書室から借りてくる本を、声を出して自分に読み聞かせてくれと頼むと、以前は英語ができない母親を兄と一緒になって馬鹿にしていたのに、いまでは誇らしげにサリマの横に体をくっつけるようにして座り、毎晩かわいいボーイソプラノで、子供向けの夢と未来が詰まった話を読んでくれるようになった。意気消沈しているときにこんなふうに息子が彼女に甘えながら、まるでここで生まれ育ったかのような言葉遣いで本を読まれると、おもわず涙がこぼれそうになったりした。ほんとうに、この子がいなかったら、私はひとりぼっちで生きていかなければならないのだと。ひとりになるのが、こんなにおぼつかないものだとはサリマは考える余裕もお金も時間もそれまで持ち合わせていなかった。けれど、いまは生鮮食品部をたばねるチーフ長になり、監督にだって昇進できるかもしれないと周りは口々に言う。サリマは仲間の面倒見がよかったので、皆にしたわれている。給料だって安定しているうえに手当もつく。健康保険があるから、ドクターにだって病院にだって必要なときはいつでもかかれる。給料の一部は毎回退職年金の積み立てに回している。余裕の出た分は、すべて息子の将来のために貯金。英語はあいかわらず下手だけれど、伝えたいことは伝えられるようになったし不自由はしない。それに、なんといってもここは平和だ。

なのに、どうしてこんなに胸苦しいのだろう。耳元でサリマの血のなかのざわめきが、ひときわ騒がしく、大きく打ち寄せてくる。

ある朝、仕事に出かけようとして身支度を整え、トーストを囓りながらベッドで眠っている息子の寝顔を眺めていたら、電話がなった。電話での会話はいまも苦手で、このときも尻込みしたのだがこんな時間にかかってくる電話なんて、誰かがサリマに急用があるとしか思えなかった。ハロー、とサリマがひとこと発するか発しないうちに、興奮しきった女の声がなだれ込んできた。丸みのある深い声はオリーブのものだった。

「生まれたわよ、いまさっき。十五分ほどまえだったわ」

サリマは一瞬でそれがハリネズミの赤ん坊のことだとわかり、自分でも口元が緩むのがわかった。女の子で、母子ともに健康。真っ黒な髪がふさふさ生えてる、とオリーブは涙声で笑った。電話を切ってからどうしてオリーブが、とサリマは考えたが、その不思議な巡り合わせは、ここのところ滞っていた空気がふたたび流れ始めた気がして、サリマは嬉しくなった。ぐっすりと眠り込んでいる息子の額を撫でて、まだ真っ暗な戸外へ足取りも軽く飛び出した。月明かりと冷気に満ちた外気は張り詰め、これ以上なくうつくしかった。潮の匂いがつよくなる。一陣の風が、サリマの木綿のシャツの襟を翻して戯れるように彼女の胸元をくすぐった。サリマは自分の影を月明かりの下で探した。長く伸びたそれが、献身的にサリマに寄り添っていたかと思うと、ぱあっと消えてなくなった。サリマが空を見上げると、月にはぶあつい雲がかかっていた。とつぜん、なにかから解き放たれたかのように、サリマは走り出した。走りながらニンフたちの背中についていた透明な翼のことを思った。こんなふうに、自分はどこまでも走って行けると思った。しかし、月がまた顔を出し影は足にまとわりつき、そして、サリマは翼を失った。

数日後、仕事を終えて家でシャワーだけ浴びるとランチもそこそこに、サリマは赤毛の教師と連れ立ってハリネズミを見舞った。新生児は母親の腕に抱かれ、それが当然の権利であるかのごとく幸せそうに寝息を立てていた。頬に鉗子のあとがついたといって、わずかなかすり傷があったが、それでも赤ん坊というのはまるで過不足のないものだとサリマはその子を抱き取り、ゆっくり見入った。平たい鼻が母親のハリネズミにそっくりだった。赤毛の教師はまだ独身で赤ん坊を抱いたことがなかったが、サリマが将来のために訓練しておけと彼女に赤ん坊を押しつけると、こわごわ小さな包みのような生き物を抱いた。ふたりの立場がいつもとは逆なので、ハリネズミはおかしがって笑った。

「夕方に陣痛が始まったのだけれど、だんなさんがまだ帰っていなかったから、病院に連れて行ってくれるように彼女にお願いしたの」

オリーブはサリマとスーパーマーケットで偶然会ったあの日、ハリネズミにさっそく連絡をした様子だった。

「あの時間だったら、あなたはもう起きている頃だと思って連絡してもらった」

ハリネズミは当然のことながらサリマの生活時間をよく知っていた。そして、彼女はこう付け加えた。

「託児所には預けたくないって話したら、彼女が預かるってきかないの。先生、時間ができたら、また学校へ行っていいですか」

赤毛の教師は子供を産んだばかりなのに勉強したがる人って珍しいわね、と肩をすくめた。そして、ハリネズミは今度はサリマのほうに視線を移した。

「仕事にもできるだけ早く戻れればいいんだけれど」

だめ。サリマは強い口調になった。ほかのふたりが驚いて、糸で引っ張られたみたいに体をまっすぐにした。あんたは、学校にも仕事にも来ちゃだめ。ダイガク、に戻るんだ。

赤毛の教師がサリマをじっと見つめ、彼女が冗談を言っているのではないと悟ると、自分も腕のなかのちいさな生温かいものを見つめながら、そこにささやきかけるように言った。

「そう、あなたはダイガクへ行くべきだわ」

教師がサリマと同じようにダイガク、と発音したので、みなは一斉に笑ったが、次の瞬間教師は真顔になった。

「みんながあなたを手伝ってくれる。こんどこそ、大丈夫」

ハリネズミはあいまいな笑みを浮かべたかと思うと、急に泣き崩れた。ダイガク、ダイガク、ダイガク、と彼女は口の中でなんども繰り返した。そして、しまいにはこらえきれないように笑った。

病室は初夏の光に溢れて明るかった。その光が赤ん坊のふさふさした黒髪をぬれたように光らせていた。いつのまにか四人は一緒になって笑った。サリマは、いつも喉元につまっていた大きな空気の塊のようなものをその明るい笑い声とともに吹き飛ばし、あたらしい呼吸とともに自分のなかでなにかに近づいた気がした。

最近では、息子を学校まで迎えに行く必要はない。彼の親しい友達がすぐ近所に住んでいる。サリマは息子にその友達と同じような自転車とヘルメットを買ってやった。はじめて、その友達が自宅にやってきたとき、サリマは学校で息子に遊び友達ができたことに心底驚いたのだが顔には出さずに家へ入れ、彼らがレゴで小さな車や町を作るのをちらちらと盗み見した。おやつにオレンジジュースとドーナツを与えた。息子の友達は大喜びで食べて、サリマにサンキューと丁寧に礼を言った。帰り際に、彼はもういちどサリマに礼を言った。虹色のヘルメットの下から金色の髪をのぞかせ、青い瞳は善良そうで、今日はお招きいただきありがとう、とはっきり発音した。息子がサリマの横で手を振り、また来てねと名残惜しそうにしていると、相手は、

「こんどはきみがうちにくるといいよ、ママにいっておくから」

と屈託なかった。そして、その週末の午後、息子は本当にその友達の家に招待されて嬉しそうだった。実のところ、こんなに有頂天な息子を見るのははじめてだった。相手の家まで送って行くと、玄関先からこれまた金髪の白い肌をした母親らしき婦人が出てきて、午後いっぱいうちでお預かりしますから、夕方お迎えに来てもらえますか、と優しい口調でサリマに話しかけ、紅茶を一杯飲んでいかないかとサリマを室内へ招き入れた。サリマがこちらの一般家庭に足を踏み入れたのはそれが初めてのことだっ

た。息子は友達の家をまるでお城のようだといって大騒ぎし、男の子たちは連れだって裏庭に飛び出すと、トランポリンに乗って交互に飛び上がり、弾けるような歓声をあげるのが聞こえた。どんな料理でも作れそうなキッチンがあり、緑の芝生の敷き詰められた庭は周囲を立派な樹木で囲まれ、滑り台やブランコなどの遊具が所狭しと立ち並んでいた。ラウンジにはテレビを囲んでソファーがしつらえてあり、部屋一杯に広がるふかふかの絨毯の海のなかで、大きな犬が寝そべっていた。階段を下りてきた小さな女の子が母親にまとわりついた。母親は大きな冷蔵庫からジュースの紙パックを出してそこに差したストローを曲げると彼女に手渡した。サリマは周囲にあふれる豊かさの象徴がまぶしくてまともに凝視できず、女の子のワンピースのリボンが女の子と一緒にはしゃぎまわっている様に焦点を無理矢理当てた。母親とはたわいない話をしただけだったが、職場や学校以外で地元の人間と話すことも話しかけられることもなかったサリマにとっては冷や汗の出ることだった。そうして、マグカップの紅茶をいそいで空にするとあたふたと外へ出てきたのだったが、こっちの人の家はなんて立派なんだろう、いったいどうやってこんなお城みたいな家に住むことができるんだろうと玄関先でもういちど家を振り返り、屋根を、レンガの積み上げられた壁を、べゴニアやペチュニアで一杯の前庭を、二台の車が停められてあるドライブ・ウェイを逐一眺めた。その光景は、それ以降もことあるごとに息子の嬉しそうな顔とともにサリマの脳裏に呼び覚まされたのだった。

それ以来、息子とその友達は家が近いこともあって一緒に登下校している。彼の母親も、いままでひとりきりで自転車に乗って登下校していたので心配だった、お友達が一緒なのは安心でいいと喜んだ。さらに、サリマが残業で遅くなったときには、かならずその母親が息子を預かってくれるようになった。そして、仕事が定時に終わって英語のクラスのない日には、サリマがその彼を招いて息子と家で遊ばせた。それまで兄の子分のようだった下の息子が遅ればせながら友達の輪を広げていくと、サリマ自身も自動的に母親の輪の中に入って行かざるをえず、初めはおどおどとハローやサンキューだけしか言えなかったのに、声をかけられることが増えて適当な返事だけでは物足りなくなった。サリマは息子のために、一生懸命だった。息子のためにならなんだってできた。メリッサさん、このあいだは、私の息子のめんどうをみてくれて、ありがとう。トムくんは、スポーツがじょうず。ジェイダンくんは、おべんきょうがてきますね。私のむすこはライリーくんのことがだいすきです。おたんじょうびパーティーにおまねきいただき、ありがとう、ブレンテンくんのおかあさん。傍らからきいているとひどく壊れた英語だったが、他の母親たちはサリマが懸命に舌足らずな言葉で彼女たちにお礼をいったり、自分たちの子供の誕生日会にさぞ手間のかかったであろうと思われる細かいアイシングの飾りのついた手作りケーキを持参させたりするのでもう放っておけなかった。それまでは、いつもひとりぼっちで子供の迎えにやってくる難民の移住者、というネガティブなイメージが彼女たちを頑なにしていたのも事実だったが、田舎の主婦たちはもともと朴訥で純真で一途なところがあるから、いちどサリマを雌鳥が卵をあたためるかのごとく自分たちの腕の下にかくまってしまうと、それ以後は一心に彼女の言葉に耳を傾け、自分の子供に向けたあとは彼女の息子にもその視線を向けた。

サリマ自身はそのことに全く気がつかず、ただただ、息子のためを思って冷や汗をかきながら、ありがとう、と彼女たちに礼を言い続けた。そして、息子が友達に混ざって自転車を漕ぎながら公園へ向かう後ろ姿をながめ、うちの子は自転車も英語もなんて上手になったんだろうと感心していたのだった。

ジョーンズ先生

クリスマスはいかがでしたか。この町は夏の季節になると輝き始めます。昼のビーチは海水浴の観光客でごった返していますが、夕暮れ時になると地元の人間が夕涼みに現れます。不思議なことに観光客か住民かは、見ただけでなんとなくわかってしまうんですよ。服装とか話し方とか、単なるたたずまいとかで。自分の家がすぐそこにある人でも、海岸ぞいのホリデー・キャラバンを夏じゅう予約して、そこで寝泊まりするんです。クリスマス休暇が終わってもキャラバン暮らしをしばらく続けて、そこからみんな仕事に出かけるので、朝夕スーツ姿の男女を目にします。残った大人たちがビーチにテントのシェルターを張って、子供たちは日暮れまで子犬のように遊びまわり、夜になると戻ってきた大人たちがキャラバンの外で飲み食いしながら潮騒にかき消されないように大声で会話するのが聞こえてきます。特別なことなんてなんにもないけれど、みんな家族や友人といられることを心から楽しんでいるようです。それがこの町の人の夏の過ごし方。それに、ここの夏は極端に短いので、思うぞんぶん太陽を楽しみたいのでしょう。私たち家族も、ここの住人きどりで毎晩浜辺に夕涼みに出かけるのが日課になりました。

　娘が生まれた際には、お祝いのお電話、花束に贈り物をありがとうございました。この子はたくさんの祝福を受けて生まれてきました。安産で、お乳の出も良いせいかよく眠ってくれて助かります。名は「希《ノゾミ》」といいます。希望を持ちつづける人にとの願いを込めて。あっというまに三ヶ月がすぎて、表情も出てきました。一日じゅう見ていても飽きません。亡くした娘と比較してはひどい罪悪感で胸が締めつけられそうになることもありますが、お姉さんにはなかった癖や泣き方を見つけるたびに、ようやく気持ちを切り替えることもできるようになりました。夫も仕事から帰宅するなり娘を抱き上げています。

　出産後はパオラがさっそく手伝いに来てくれて、洗濯や買い物、ときには鍋一杯のスープを作り置きして帰って行きます。ロスリンとナキチの勧めもあって、二月の新学期には間に合いませんでしたが、七月の二学期には大学に戻るつもりで準備しています。そのときにはパオラの自宅でノニを（パオラはこの愛称で娘を呼びます）預かってもらうつもりでいます。ひとつ困ったことは、パオラがお金を受け取ろうとしないことです。こんなこと子供を産んで育てたことのある女なら誰だってできることだから、と欲のないことを言うのですが、その誰だってできることがどれほど尊いことか彼女にはわかっていないのです。ひとしきり説得を試みたのですが、お金が欲しくてやってるんじゃない、あんたを助けたいだけだ、家のことをするのも赤ん坊も大好きだしと聞く耳をもちません。パオラにしろナキチにしろ自分以外のことには従順でひどく物わかりがいいのに、自分自身のこととなるとまるで何も知らないかのようです。パオラの症状はこのところずいぶんよくて、夫もいまの彼女にならお願いできそうだとようやく納得した次第です。というより、彼女にしか預けたくないみたいです。

赤ん坊を持つ母親のご多分に漏れず、慢性的な睡眠不足に襲われています。一日がノニの世話であっというまに過ぎてしまい、夜遅く夫が仕事を終えたあとのデスクトップを占領して何か書こうとするのですが、気がつくとキーボードに顔をうつぶして眠り込んでいるんです。そしてディスプレイに解読不能な記号や文字が乱雑に一杯に並んでいて、奥の部屋からノニが泣く声で目が覚めるのです。情けないのですが、このところそんなことばかりやっています。彼女に授乳しながら、あなたの母さんは本当に懲りない、お金になるわけでもなんでもないこんなことにバカみたいに執着しているのよ、と話しかけたりして。悪魔との取引のことはこの際いっさい忘れて、平凡な母親でいればいいと自分に言い聞かせているのですが、一度結んだ契約からはなかなか解放してもらえない。夫が一部の人にしかわからない研究をやり、論文を書くのをやめられないのに似ています。

昨日、トラッキーと"Charlotte's Web"の最後のチャプターを読みました。クモのシャーロットが死に、彼女の子供たちが生まれて旅立っていくというところで、トラッキーはいままで流した倍の涙を流しました。クモの子供たちの何匹かは農場に残り、シャーロットがその命を助けた友達のブタと新たな友情を誓うという締めくくりです。読み終えて、女っていうのはすげえ、とトラッキーはうなり声をあげていました。女は子供を産んで育てて、死んでもその子供たちに自分自身を残す。子供を産めない男は死ねばそれまで、しかし女は子供という自分の分身の中で永遠に生きるとのことです。おそらく彼は孤独の中に学ぶ人です。男性でこれができる人はそう多くはないのでしょうか。文字が読めなかったり、牢屋に入ったり、家族に恵まれなかったりと、この社会の物差しの標準には満たない人ですが、一冊の児童文学からどんな書評にも負けないこんな深い哲学を語ることができるのですから。そういえば、おまえも女だったな、こんなちっこい赤ん坊でも、おれは女のおまえにはかなわねえよと、腕の中で眠るノニに語りかけるその目が、このとき少し老人じみて見えました。ブリスベンから帰ってきて、息子さんと一緒にすごした時のことを彼は語ろうとしません。陽気な彼が口をつぐんで黙り込んでいることが多くなりました。ドラマーは大きな声で怒鳴られるよりも、彼のそんなひと睨みのほうが恐ろしかったらしく、出て行きました。しかし、その表情から、あれほど彼が避けたがっていた息子さんとの決定的な決裂を想像してしまいます。人はだれも歳を重ねるごとに、こうやって何かを贖《あがな》いながら生きるのでしょう。そして、そのきこえない声に耳を傾けることができる人間でありたいと思うのは、私自身も歳をとったせいでしょうか。

先生。いま、周囲のみんなが私のためを思ってしてくれていること、先生を含め、私を教え諭してくれる人たち、夏の光の名残を軽やかに残すこの海辺のケシの種粒のような町、女たちが早朝から立ち働く職場、仲間と飲む一杯のコーヒー、潮錆の出たフラットの鉄の階段、いまは聞こえなくなったドラムの音、娘の規則正しい健やかな寝息、研究室に通う夫、朝ごとタごと窓辺で日の光を浴び私の心を潰れるような哀しみに誘う灰の壺、キーボードの横に広げられたタイプアップ待ちの原稿——それらすべてに愛着をおぼえます。

そして、いつの日にか、これら愛しい人たち、愛しい時間たち、愛しいものたち、すべてに報いることができたら、と思います。

S

それは英語のクラスが終わった夕刻だった。

学期ごとにクラスの生徒はいそがしく入れ替わったが、サリマはいつも一番の古株としてそこにいた。その日の読解の問題は今までになく難しく、授業時間すべてを使ってようやく仕上がった。最後に発音の矯正と文化知識。なんだか難しかったとサリマが悄然とした面持ちでつぶやくと、英語教師はにやりとした。今日の問題は、こちらのハイスクールの生徒も使っている問題です。ハイスクールに行ったことのない自分がなぜハイスクールの問題をさせられたのかは謎だったが、思ってもみなかった好結果だった。

「ねえ、昇進試験を受けてみたらどうかしら？」

前々から監督職への昇進試験を周囲からすすめられていたのだが、サリマはとりあわなかった。けれど、もしかしたら。サリマは自分でも顔が火照ってくるのがわかった。もしかしたら。そんな言葉なんて、最後に使ったのはいつだっただろう。そうだ、下の息子が生まれたときだ。周りから長生きできない赤ん坊だと言われても、サリマはもしかしたらと願うことをやめられなかった。サリマが何も言わないで突っ立ったままでいるのを教師はおもしろそうに眺め、明日から毎日、地元新聞じゃなくて全国紙の一面を必ず音読して百字のサマリーを書くこと、ときっぱりと言い渡した。地元紙は英語のクラスに通い始めてから目を通すようになったが、全国紙は一度も読んだことがないとサリマが小さな声になると、赤毛の教師は地元紙が読めるなら全国紙も十分読めるはずだといって素っ気なかった。その素っ気なさがサリマにはありがたかった。ハリネズミならすみずみまで一緒に手伝って読んでくれることだろう。オリーブは言葉そのものの意味がわからなくても経験と度胸で理解することだろう。でも、いまのサリマに必要なものは、自分を受け入れること、そして走り出すことなのかもしれない。行動が先で結果はそのあとからついてくるものなのだと理解するには、まず労働することを体に覚え込ませなければならなかった。労働で鍛え上げられたいまのサリマにならわかる。自分で立ち上がるしかないのだ。

さっそく学校の売店でその日の全国紙を求めた。カフェテラスでは若い学生たちが紙コップにプラスチックの蓋のついたコーヒーを片手に談笑していた。サリマも職場で休み時間に仲間と似たようなことをやっているが、職場では自動販売機でそれを手に入れ、勝手知りたる場所で知り尽くした仲間と飲むそれは近頃味気なく感じられて仕方なかった。突如、サリマは若い彼らと同じコーヒーが飲んでみたくてたまらなくなり、ぶあつい金色のコインを一枚払ってそれを手に入れると空いていた席に着き、おもむろに新聞をひろげて飲み始めた。職場では休憩の安らぎの一杯が、ここでは挑戦的な苦みとやけどしそうな熱さで舌を刺した。新聞を読みながら、「昇進試験」という言葉と「お城のような家」の絵が交互に折り重なるように脳裏に現れた。昇らなければ、とサリマは思った。昇進試験という目の前にある階段も、そして、お城のような家についている階段にも、いつか。紙コップの底に残っていた数滴はひどく苦くて、サリマは咳き込んだ。そのあとから、溶け残りの砂糖が口の中いっぱいに広がった。

新聞の一面にはサリマがきいたことも見たことも行ったこともない外国で起きた災害のことが書かれていた。泥水のなか、取り残された子供が脅えた目つきで母親を探しているのか、うつろな顔をして蹲っているのが痛ましかった。たくさんのわからない単語があったが、記事の大部分は理解することができた。紙面からふと顔をあげると、誰かが正面の席に座っていた。

「かわいそうに……」

男は新聞を覗き込んだ。監督だった。久しぶりに会う彼は短く髪を刈ってデニムのシャツを着ていた。白衣を脱ぎ捨てたせいか、いちどに親しみが湧き上がった。サリマは驚きと嬉しさで胸が一杯になった。

「監督。どうしてここに」

「ここに車の教習のコースがあるんですよ。ついこのあいだまで、通っていたんです。この向かいにある、あの建物の前が路上教習の集合場所になっているんです。このまえ試験だった」

サリマが遠慮がちに、それで、と訊くと、監督はまるで幼い男の子のようにはにかんで財布から運転免許証を取り出すとうつむいたまま、サリマに差し出した。おそらく撮影用のカメラに向かって笑うように係員に指示されたのだろう、ひきつった笑顔の写真にサリマは思わず笑みを浮かべた。彼のこのような表情をあの職場では見ることはなかった。サリマはさらに嬉しくなって、ほんとうにおめでとう、おめでとう、と繰り返した。もっと、なにか良い言葉はないかと辞書を頭の中で繰ったが、実物の彼を目前にすると何も言えなかった。そして、もう監督は手の届かない人になってしまったという考えが彼女の出掛かった声をうやむやに追いやった。そんなことはつゆ知らず、監督は免許証を財布におさめて、また新聞を覗き込んだ。

「ここね、友達が住んでいてね。昨日から連絡しているんだけれどまったく応答がないから、心配しているんです」

遠い外国に住んでいる友達がいるなんてすごい、とサリマがためいきをつくと、

「きみだって、外国に住んでるじゃないか」

彼にそう言われて、それもそうだと思い一緒に笑い合った。そして、気づいたことにここはもうサリマにとって大きな島でも外国でもなんでもなくて、実際の生活のまさにその中心になっていたのだ。その事実は、サリマを驚かせなかった。生きる、そのために私はこの国にやってきた。そして、息子を生き残らせるために。ここが今を生きる自分のすべてなのだ。

「今日は、どうしたんですか」

ふとサリマが尋ねると、監督の顔が真っ赤になった。真っ白の皮膚は、耳の先まで熱いくらい赤くなっていた。黙りこくったままの彼になにかすまないことでも言ったような気がして、サリマもうつむいてしまうと、監督は決然とした動作で立ち上がった。

あなたに見せたいものがあるんだ。一緒に来てくれませんか。監督の背中を追い、

サリマは彼の後ろから歩いた。中庭で造園科の生徒たちが今年もパンジーを植え替えていた。春の訪れを告げる黄色いミモザの花が風に揺れていた。やがて学校の外に出ると、建物の周囲をとりまくようにして設置されている駐車場へとサリマは案内された。そして、平凡だがよく手入れされていそうな銀色のセダンの前で監督は足を止めた。

「これ、おれの車」

大きなためいきのあと、サリマは車の表面を撫でた。すべすべしていて、ぴかぴか光る銀色がきれいだと褒めた。車を運転するのって、どんな気分なのだろう。サリマの生活のすべては徒歩とバスでいける縦長の範囲内に限られていたから、車で自由にその枠から出て行けるとしたら、どんなだろうと想像せずにはいられなかった。

「ドライブに行きませんか?」

相手の申し出にサリマは驚いて彼を見上げた。さらに監督は早口で続ける。いまごろの時間は、海がきれいだ。それとも、ハイウェイを走る方がいい?

サリマが家で息子が待っていると答えると、じゃあ、家まで送ると短く答えた。

サリマの胸に熱い波が寄せて来た。免許とりたてのくせに。そう考えるだけで、なんともいえない幸福感が彼女を包んだ。もしかしたら。サリマは思った。もしかしたら、このひとが、自分のいまだ小さな世界から連れ出してくれるかもしれない。

「海にドライブに連れて行ってください」

サリマは微笑んだ。監督は安心したように助手席のドアを彼女のために開けると、緊張した面持ちで自分も運転席に回った。車に乗り込もうとしてサリマははっとなった。シルバーグレイの車体の表面にうつくしい夕日が、熾火のようなオレンジ色の夕日がそこに映っていた。

深い充実感と幸福にさらわれそうになりながら、サリマは助手席に乗り込んだ。シートベルトをするようにと監督が念を押すように言って、エンジンをスタートさせた。サリマの目から小さな涙の粒が落ち、それに気づく余裕のない新米ドライバーは一心に前だけを見て車を発進させた。

それでいい。サリマは相手に気づかれないように涙を手の甲でぬぐいながらそう念じるように自分に言い聞かせた。行きたいところを頭に思い描き、しっかりと前だけを見て、なにも見落とさないように、懸命になっていればいい。監督はハンドルを両手で握りしめ、慎重に駐車場の出口をくぐり抜けた。そして、ハイウェイの合流地点にさしかかると、疾走する車を数台見やってから、思い切ったようにアクセルを踏みこんでハイウェイにのり、海岸沿いのプロムナードに向けて一直線に走り始めた。バックミラーに映った夕陽が二人を見送るように小さくなっていく。

さようなら、おひさま。これからも、朝に出会い夕べに別れることを繰り返す。でも、これはゆめなんかじゃない。あれは、あたしを生かしておく火、永遠の願いと祈り、消えることのない希望。

やがて朱色に染め上げられた車は、サリマと監督をのせて海辺へとむかってゆっくりスピードをあげ、次第に遠のいていった。

ジョーンズ先生

先日、先生から戴いたお手紙によると、きっと今ごろはケンブリッジに滞在されているころですね。夏の北半球をいかがおすごしでしょうか。この時期、こちらでも有休を利用してクイーンズランドにホリデーに出かける方も多いです。ここにもまた冬がやってきました。フラットの前の道を行く人もほとんどまばらで、今日も冷たい霙まじりの雨が一日中降り続けています。このフラットでいまの昼の時間に部屋にいるのはどうやら私だけです。そして、引っ越しの準備に追われつつも、先生にお便りしたくなってペンを取りました。

引っ越しと言っても同じ町の中でのことで、夫の勤務先にほど近い築三十年の小さな家です。夫の仕事が契約から正規採用になったのを機に、彼がもうすこしましなところに移ろうと言い出しました。できれば庭があって、安心してノニを遊ばせられる場所に。それで賃貸の家を探し歩いたのですが、一軒家となるとどれもいまのフラットと比べものにならないくらい高いのです。そこで同じ大金を払うならと、考えてもいなかったことなのですが、思い切って購入することにしました。三十年の住宅ローンを組みましたが、月々ほんとに払っていけるのかしら？　先週、新居のキッチンを掃除していて、スプラッシュバックのタイルが崩れ落ちてしまいました（最初は一枚剝がれただけなのに、老朽化していてそこからみるみるうちにほとんど全部剝がれて割れてしまいました。一瞬、頭の中が真っ白になりました）。それで、この週末は夫の同僚たちがそろって新しいタイルを貼るために、わざわざ休日を返上して手伝いに来てくれるそうです。寝室が三つ、小さなラウンジがひとつきりの質素な造りですが、念願のバスタブがあって、窓からの眺めは最高です。小高い丘の上にあるその家からは入り江がよく見渡せ、そこから毎日のように学生のボートの練習や、海洋生物学の研究生がかがみ込んでなにかやっているのが見えます。床は年代物の古いカーペットが敷かれているのですが、ぜんそく持ちの私のために、こちらもこの週末みんなでコルクに張り替えてくれるそうです。ありがたいことです。

このフラットを出て行くのがこんなに寂しいことだとは、去年の今頃には思いもよらなかったです。トラッキーがブリスベンから帰ってくる前に、この部屋を出て行かなければなりません。それで先週、彼が北へ旅立つまえに、お別れを言いました。この刺青の秘密が知りたかったら、こいつを連れてまた遊びに来な、とノニを最後に抱いてくれました。このフラットも、来たときはわずかの家具と衣類だけだったのに、子供がひとりいるだけであっというまに宿泊所付託児所になってしまいました。パオラがもうすぐノニが歩き出したら躓くじゃないのと眉根をよせて片付けようとするのですが、なにせ狭いので片付ける場所がありません。ナキチが遊びにきたときは彼女の市営住宅より狭いと驚いていましたが、家を買ったことを告げると、あんたにはいつも先を越されるとちょっと拗ねてから、きっとうちの子にも、そのうち庭つきの家で遊ばせてやるんだといつもの頼もしい返事が返ってきました。

先日、大学の履修登録に行ってきました。てっきり除籍になっていると思っていたので、新規の登録手続きをしようとしたら、私の学生番号がまだ学籍簿に残っていると言われて意外でした。調べてもらうと、どうやらニールが休学扱いにしてくれていたようなのです。帰り道、パオラの家に寄って、講義とチュートリアルの時間割を手渡しました。夫とも相談して、私たちが以前託児所へ払っていた半分程度の謝礼を預かり料として渡すことにしたのですが、パオラが頑として受け付けないのをジョナサンがとりなして、そのさらに半分程度の金額を受け取ってもらえることになりました（先生、朝の九時から昼の三時まで生後六ヶ月の子供をたったの二十ドルで預かってくれる保育士がどこにいます？）。夕方、いつものようにビーチに散歩に出かけました。こんな冬の夕暮れ時に、潮風が吹きすさぶプロムナードを歩いているのは地元の住民だけです。ここに永住を決意したことをひとつの節目として、夫と一緒に娘の灰を海に撒きました。水平線のかなたに夕日が沈み掛かっていました。壺の蓋をあけ、手のひらに載せた灰はほんの一瞬だけあたりを煙らせて夕日の色に染まり、風に乗ってどこかへ消えました。さようなら、私の愛しい子、と最後に心の中で叫びましたが、これからはあの夕日のなかにあの子がいるような気がして、さようならを言いながら、私が見ている夢のようにうつくしいオレンジ色はたったいま特別になったのだと思うと、それは心慰められることでした。

そして新学期の朝、ノニを連れてパオラの家を訪れたら、ノニのために用意された部屋は真新しいベッドを中心におもちゃやぬいぐるみ、ロッキングホースに取り囲まれ、塗り替えられた壁とカーペットはピンク色で、そこに座らせるとノニはまるでお姫様みたいでした。ジョナサンがパオラは数日前から紙オムツの替え方を練習していたといってオムツをした人形を見せてくれました。それに、パオラは生まれて初めて「緊急連絡用の」携帯電話を持つことにしたらしく、辞書とマニュアルを広げて操作を覚えるのに必死でした。今までだったら、こんな英語のマニュアルなんてめんどうで読む気にもならなかった、でもね、お金をもらうからには、念には念をいれなきゃと思って、とのことでしたが、たぶん、パオラにとってはこの国での三十年ではじめて稼ぐお金に違いありません。ジョナサンがさっそくノニを乳母車にいれて散歩してもいいかと訊くので、お願いしました。ノニはこれも老夫婦が「年寄りのおもちゃ」といって用意した豪華な襞飾りのある乳母車に乗って、海岸のプロムナードに続く坂道を下っていきました。私は一組の老夫婦を見えなくなるまで見送ってから、大学に向かいました。いつになく定刻通りに来たバスの車窓から、この町特有の海鳴りのする風が渡ってゆくのを聞き、水平線に垂れ込めた灰色の雲がいまにも雨を降らしそうな鈍重さで迫り、糸杉の枝にウミネコが縞模様をつくって見え隠れするのが見えました。それから飾り気のない自然本来の色調から、自分が本来すべきこと――すなわち、自分の行くべきところへ行き、そして、自分のしなければならないことをするべきだとはっきりと気づいたのです。バスはしばらく前まで働いていたスーパーマーケットの前を通り過ぎ、職業訓練学校の前を通り過ぎ、ハイウェイにのって大学の正門の前で停まりました。そして大学構内を迂回してハイウェイにもどり、グリーブ・ストリートの外れで私は下車しました。

フラットへ戻る道を歩きながら、私はナキチのことを思いました。フラットの前まで来て、はやる気持ちをおさえながら、階上へ続く鉄の階段を駆け上がったとき、もうひとりの私が私に耳打ちする声が聞こえました。私の大切な友達のことを書こう、書かなければならない。ドアノブにキーを差し込み、ロックが外れる音を聞いたとき、ヒロインの名は「サリマ」だ、と思いました。ナキチは戦火でお母さんと生き別れになっています。だから、もし自分に娘が生まれていたら、お母さんの名をもらってこの名をつけるつもりでいたそうです。お母さんはきっと、ここみたいな安全な場所で生きているに違いないと、ナキチが自分に言い聞かせるようにして話してくれたことが忘れられません。私自身も何度、亡くした娘がいまも生きていて欲しいと願ったことでしょう。けれども、深い悲しみのあとには、生きることへの強い願望と希望がその人の心のなかに必ず訪れることを、私はこの大切な友達とふたりの娘たちから教わりました。それらに素直に従って行動し、異国で生きることを決めた全ての人と同じく、新しい土地で生まれなおすナキチに、物語のなかで新たにこの名を与えます。そして、彼女の心の中で生き続ける「サリマ」に、私は自分の持てる力のすべてを託します。

先生。サリマは理不尽な差別や言葉の壁にぶつかることもあるでしょうし、恨んだりねたんだりすることもあるけれど、人のせいにはしません。そして母親として、一本の樹のように太い幹と生い茂る葉のシェルターで雨風から子供を守りやがて自分より背の高い、見上げるような木に育て上げるため、絶対に折れません。私のサリマは誇りを忘れません、決していじけません、曲がりません、そして、あきらめません。

先生。いまから私がここに書くことは、英語という私にとっての第二言語から学んだこと、英語で書くことによって、徹底的に壊し、作り直し、新たに躾なおした思考と行為を決して無駄にはしない、つまり先生への感謝の言葉だと思って受け取って下さい。私が「先生」と呼びかけるのは、ジョーンズ先生だけなのですから。実は、あのあと部屋に入るなり、いてもたってもおられず数行の出だしを書いてみました。ところが、英語にならないのです。日本語にしかならないのです。先生、私は自分の言葉で書くのがこわい。心理的に正直に書くことが恐ろしくてたまらないのです。私はいままで、そういった人の心の奥底にある感情の沼を恐れるあまり、真摯に受け止めることができず、表面だけを器用にとりつくろうことしかできない無器用な言葉、第二言語である英語を隠れ蓑にして綴ってきました。それが今回はできそうにありません。してはいけない気がするのです。

先生、私は犬と同じです。忠誠という首輪を嵌め、つながれた鎖は永遠に祖国という主人から切りはなされることはありません。老いさらばえてやせ細り、首輪が細い首から抜け落ちる日、錆だらけの鎖が不意に切れるその日、おそらくそれは私がこの世を去る瞬間に、私は良くも悪くも祖国から自由になり、そして祖国愛に暮れることでしょう。それまでは謀反人として異国の見えない牢獄で例の悪魔に誠心誠意仕えます。祖国からたったひとつだけ持ち出すことを許されたもの、私の生きる糧を絞り出すことを許されたもの、それで悪魔の大好物を創り、罵られながら彼がそれを咀嚼することに私は喜びを覚えるでしょう。ジョーンズ先生、私にとって母語とは、日本語とは、そういうものなのです。

親愛なるジョーンズ先生。感謝します。先生がこれまで私にして下さったこと、掛けて下さった言葉、訂正して下さった間違い、ばらばらにし、練り、積み直して下さった文章の断片たち、それになにより、この国に来て先生の生徒になれたこと、それらすべてを偶然だと思って今日まで参りましたが、そうではありませんでした。私は会うべき人に会い、するべきことをするためにここへ来たのだと、いまはそう信じています。先生。あなたが書きなさいとおっしゃって下さらなかったら、書き続けなさいと励まして下さらなかったら、先生、私がこれを書くことはありませんでした。どうか、この感謝の気持ちが伝わりますように。

抱擁します。

S

解説

小野正嗣

これはきっと自分の心を深く揺さぶる本になるにちがいない——読む前からそんなふうに感じさせる本がある。『さようなら、オレンジ』を手に取り、読み始め、しばらくしないうちに「ああ、やっぱりそうだった」と予感が正しかったことを確信した。そして読みながら、じわじわと胸の内に湧いてきたのは、「とうとうこのような小説が日本語で書かれた」という大きな喜びであり、このような作品を達成した作者に対する敬意である。

『さようなら、オレンジ』の舞台は、作中に出てくる地名から推察されるように、おそらくオーストラリアである。小説は二つの物語から構成されている。

ひとつは、サリマという名の女性の物語である。アフリカにある祖国の混乱を逃れて、夫と息子二人とともにオーストラリアの海辺の小さな町に難民としてやって来たサリマ。スーパーで生鮮食料の加工の職を見つけ、移住先の言語である英語を習得するために、働きながら学校に通っている。

もう一つの物語の主人公は、言語学の研究者である夫とともにオーストラリアにやって来て、やはり海辺の田舎町に暮らす日本人女性の「私」だ。この部分は、彼女が恩師である「ジョーンズ先生」に宛てた手紙のかたちで語られる。「私」にはまだ一歳にならない娘がおり、その娘を託児所に預けて、職業訓練学校の英語クラスに通っている。そこでイタリア出身の初老の婦人パオラ、スーダンかソマリアからやって来た難民女性のナキチといった女性たちと交流するようになる。

サリマと「私」、この二人の主人公には共通点がある。二人ともに母語ではない英語で文章を書こうとしているのだ。サリマのほうは息子の学校から頼まれて、「私の故郷」についての作文を書くことを引き受ける。一方、「私」のほうは、しばらく前から英語で小説を書こうとしているのだがうまくいかない。「私」が手紙を送るジョーンズ先生は、彼女がかつて所属していた創作学科の先生だ。ともに書きあぐねるサリマと「私」。書くという行為の困難さが、二人を結びつけ、彼女たちそれぞれの物語をひとつに撚り合わせることになるだろう。

ヒト、モノ、カネが国境を越えて大量に移動するグローバル化の時代において、「移民」や「難民」はますます文学における重要な主題となっている。英語圏やフランス語圏における文学の現状を見ればその傾向は明らかだ。多くの場合、自分自身が移民の出自を持つ作家たちによって、国境や言語を越えた人々の移動とそれが人々の思考や生き方にもたらす影響を、なんらかのかたちで書き込んだ小説が日々書かれている。移動の理由は人それぞれである。母国の政治的・経済的な不安定さゆえに移動を余儀なくされる人もいれば、研究や留学、海外赴任、国際結婚などのように主体的選択に基づく移動もある。内乱ゆえに着の身着のままで祖国を離れなければならなかったサリマの境遇と、正規のポストを獲得するために海外の大学に行く夫について移住した日本人主婦の「私」の境遇は、天と地ほども異なるが、そのような両極端のケースを含め、いまや「越境」は、人々の生き方としては決して例外的なものではなくなっている。

とはいえ、日本の現代小説を見る限りでは、そのような感覚はまだ一般化していない印象を受ける。たしかに海外を舞台とする小説は書かれているし、世界を旅したり外国に暮らしたりする登場人物たちもいまや珍しくはない。しかし、アフリカからの難民の女性を主人公にして、その心の動きを克明に描く『さようなら、オレンジ』のような小説がこれまで書かれたことがあっただろうか。

小説という芸術形式の特権のひとつは、他者の内面を明らかにすることである。わたしたちは自分以外の人の頭のなかを覗き見ることはできない。あなたが何を考えているのか、わたしにはわからない。わたしの頭のなかに浮かぶ思念は、会話でも文章でもよいがとにかく言葉で表現されない限り、あなたにとっては不透明である。ところが小説は、人物たちの頭のなかを、彼/彼女が何を考えているのか、何を感じているのかを、丸裸にするように読者に明示する。

おそらく多くの作家は、この特権を濫用することの危険性に気づいている。ある人物の心の内を描くためには、そこにリアリティーを与えるためには、たとえ虚構の存在であれ、その人物のバックグラウンド、生きてきた人生に思いをめぐらす必要がある。登場人物の視点から世界を眺めるということは、その人の内面に同化するということだ。そして、言語や文化的慣習が私たちのものの見方・考え方を規定していると誰もが知っているがゆえに、書き手にとっては、自身のよく知らない世界を生きてきた人物の内面を記述するのはいっそう難しくなる。アフリカからの難民の女性ほど、日本人の書き手から限りなく遠い境遇にある人はいないだろう。

だが、驚くべきことに、そして嬉しいことに、そのような巨大な隔たりを超えて、『さようなら、オレンジ』の書き手は、「サリマになる」ことに、そしてわたしたち読者を「サリマにする」ことに成功している。スーパーでの食品加工の仕事を終えて帰宅したサリマが、シャワーを浴びながら泣く、あの忘れがたい冒頭の場面からしてそうだ。流れ落ちるあたたかいお湯は、サリマと作者、そして読者であるわたしたちとのあいだの境界をすでに溶かしている。サリマの心の震えをみずからの心の震えとして感じている自分に気づくわたしたち。アフリカの難民であるサリマが置かれた境遇を想像しながら、彼女が直面し、これからも降りかかってくるであろうさまざまな困難を彼女といっしょに待ち構えているではないか。

難民のような社会的に弱い立場に置かれた人間の「声」で語るということは、勇気のいる行為である。その「声」を奪っているという批判にもさらされかねないからだ。そのような批判は、書き手を萎縮させずにはおかない。小説は絶対的に自由であるからこそ、その代償としてあらゆる批判・攻撃にも耐えねばならない。自己と他者、母語と外国語、性差、貧富の差……といった障壁が、言語的・文化的に遠い他者の内面に同化することを書き手に躊躇させる。だが書くとは、それを承知の上で、にもかかわらず、なされなければならない行為なのだ。『さようなら、オレンジ』の作者は、そのことを自覚した上で、高い壁の向こうに、ぽっかりと口を開いた底なしの淵の向こうに手を伸ばす。そして摑む。奪うために摑むのではない。サリマとなって、サリマと一緒に摑み取る。離さないために。

人は土から生まれた。だから私たちは土と同じ色、幼いサリマに母親がそんなことを言ったのをふいに彼女は思い出す。つぎつぎに思い出がよみがえる。青空の下、一本の大きな木を教室の屋根がわりにサリマは文字を教わった。砂に指ではじめて書いた文字。それも大人の男の足で踏み荒らされた。住んでいた土地も家族も友人も奪われた。それからは、明日も生きて、おひさまに会えることだけを願ってきた。こんなわたしを罵るなら罵るがいい、去る者は立ち去ればいい、だけどあたしの生まれ持ってきたものは誰も奪えない、そして摑んだものを奪うことは二度と許さない。（九二頁）

サリマがこのような思いに貫かれたのは、彼女の職場の「監督」の孤独を知ったときである。この監督は英語を母語とする白人男性である。彼はあるとき、サリマは職場の他の同僚たちとは「違う」と口にする。その彼が他の人とうまくつきあえない「異端児」扱いされ、言葉の不自由な難民の自分と同じように抜きがたい偏見で見られているのを知ったとき、サリマは「違う」と怒る。そのとき、サリマ自身の孤独が、肌の色や性差、たがいにほど遠い境遇という「違い」を超えて、共感の力によって監督の孤独と一つになる。

よく考えれば、文化や言語の差異があろうがなかろうが、自己と他者の距離は絶対的なものだ。わたしは絶対にあなたにはなれない。あなたがわたしになれないように。だが、「違う」からこそ、あなたを知りたいと思う。距離がなければ、心を重ね合わせる努力はいらない。想像力を働かせる必要もない。距離があるからこそ、人は他者に歩み寄ることが、手を差し出すことができる。そうやって束の間であれ、他者になることができる。それが言い過ぎなら、他者のなにがしかを摑み、しかし奪うことはなく、ただ摑んだという記憶を抱えたまま再び自己に戻る。そのとき、自己はもう以前と同じ自己ではない。書かれた言葉を通して、自分とは異なる存在の生をくぐり抜け、新しい自分になること。書くことはそういうことだ。小説を読むこともまたそのような行為のはずだ。サリマの書いた作文がサリマを変えたばかりではなく、それを読んだ「私」のなかでも深い感動とともに何かが変わり、どうしても書けなかった物語の扉が開かれたように。そして、「私」によって書かれることになるその物語を読むとき、わたしたち自身のなかできっと何かが変わるはずだ。

その物語にどこで出会えるのか？『さようなら、オレンジ』を読み終えた者だけがそれがどこにあるのかを知っている。

装幀　坂川栄治＋坂川朱音（坂川事務所）
装画　塩田雅紀

本書は二〇一三年八月、筑摩書房より刊行された。

ちくま文庫

さようなら、オレンジ

二〇一五年九月十日　第一刷発行

著　者　岩城けい（いわき・けい）

発行者　山野浩一

発行所　株式会社　筑摩書房
東京都台東区蔵前二—五—三　〒一一一—八七五五
振替〇〇一六〇—八—四一二三

装幀者　安野光雅

印刷所　株式会社精興社

製本所　株式会社積信堂

乱丁・落丁本の場合は、左記宛にご送付下さい。
送料小社負担でお取り替えいたします。
ご注文・お問い合わせも左記へお願いします。
筑摩書房サービスセンター
埼玉県さいたま市北区櫛引町二—六〇四　〒三三一—八五〇七
電話番号　〇四八—六五一—〇〇五三

ISBN978-4-480-43299-5 C0193